LA DAME D'OLÉRON

Du même auteur :
Oléron couleurs pourpres, 2018
Peur bleue sur Oléron, 2019

http://www.terresdelouest-editions.fr
ISBN : 979-10-97150-63-1

Crédits photographiques couverture :
Réalisation couverture Terres de l'Ouest Éditions à partir de crédits photos Benjamin Jugieau© Carte ancienne de l'île d'Oléron - Fac-similé du gisant d'Aliénor d'Aquitaine, ©Mairie de Bordeaux, photo Lysiane Gauthier, Collection musée d'Aquitaine.

Florian Horru

LA DAME D'OLÉRON

Roman

La maison d'édition remercie chaleureusement Madame Dominique Rabelle, maire de Saint-Georges d'Oléron pour son soutien technique à la réalisation de ce projet éditorial.
Un grand merci également à Marie Dupouy, professeure de Français au Collège Jean Rostand de Capbreton, pour son aide sur les traductions latines présentes dans le livre.

L'auteur tient à remercier Benjamin Jugieau pour ses recherches, sa généreuse documentation et son aide précieuse sur l'ensemble des parties historiques de ce roman.
Merci également à Evelyne Néron Morgat pour ses apports en patois saintongeais dans le récit et la touche féminine apportée à l'histoire.

Prologue

À peine sortis du tunnel, les trois hommes exultèrent, se congratulèrent et tombèrent dans les bras les uns des autres. Une grande joie et une fierté palpables accompagnaient les cris de satisfaction qu'ils lançaient au milieu de la forêt. Là où ils se trouvaient, au milieu de nulle part, aucune chance d'attirer l'attention d'éventuels promeneurs.

Enfin… pas si sûr.

Rassasiés d'émotion et de verve, les hommes laissèrent alors planer un long silence. C'est à ce moment-là qu'Yves s'étonna du vide inquiétant qui pesait dans les sous-bois. Étrangement, les petits oiseaux qui pépiaient à leur sortie du tunnel s'étaient tus. Et n'était le bruit sourd de l'océan qui résonnait par-delà les arbres, au rythme des vagues éclatant sur le rivage, aucun son n'était perceptible alentour.

Soudain, dans les fourrés à quelques mètres, une branche craqua. Ils retinrent leur souffle. Les secondes s'étirèrent, interminables. Puis le feuillage vibra et finit par s'effacer devant une terrifiante forme humaine. La vision d'horreur fut telle qu'Yves et ses compagnons prirent aussitôt leurs jambes à leur cou à travers les bois sans même demander leur reste. Yves fermait la marche. Rapidement cependant, il remarqua que l'écart entre lui et ses compagnons de fortune se creusait. Avec ses problèmes à la hanche, difficile de maintenir un rythme soutenu. Il le sentait, l'individu qui les poursuivait une machette à la main, était sur ses talons, à seulement quelques mètres derrière lui. Il pouvait même entendre le son saccadé de sa respiration. Celui qui les pourchassait paraissait lui aussi sur le point de craquer physiquement. Il le sentait ça aussi, Yves, comme le ferait une bête traquée. Allez, tenir encore et tenter de le distancer ! Pourtant son corps le faisait horriblement souffrir.

Brusquement, Yves eut une idée complètement saugrenue, voire stupide. S'arrêter et faire face. Après tout, pour quelle raison cet homme leur voudrait-il du mal ? L'arme n'était peut-être là que pour les intimider ! Il se dit qu'il devait en avoir le cœur net et surtout comprendre comment ce gars avait fait pour les débusquer en cet endroit éloigné de toute habitation. Ils étaient perdus au beau milieu des chênes verts de la forêt primitive déjà présents lorsque tout n'était encore que marais, bien avant les plantations de pins au XIXe siècle. Bref, des siècles auparavant, à l'époque où cette histoire de trésor trouvait ses origines.

Chapitre 1

S'il avait su ce qui l'attendait pendant ses vacances de printemps sur l'île d'Oléron, Grégory Guérin serait sans doute resté bien tranquille chez lui, dans son petit village du nord de la Gironde. Mais le destin est ainsi fait, il change une vie sans crier gare !

Pour cet Oléronais de racines, le cœur l'emportait souvent sur la raison. Quoi qu'il en soit, quoi qu'il en coûte. En tout cas, il se souviendrait toute sa vie de ce mercredi de début mai en famille dans la forêt de Saint-Trojan-les-Bains.

Enseignant depuis une vingtaine d'années au Collège *Henri de Navarre* à Coutras, Grégory Guérin avait pourtant passé sa jeunesse à Saint-Georges d'Oléron, une commune située au nord de l'île. Côté continent, l'horizon était déchiré par la laideur de monstres de béton, ces immenses silos de la Pallice. Situés à proximité du port de commerce de La Rochelle, non loin de la base sous-marine, dernier relief du *Mur de l'Atlantique*, ils arboraient leur état de délabrement à la face de ce nouvel eldorado en Poitou-Charentes. Mais un peu plus haut, la beauté de l'île de Ré accrochait le regard et offrait la courbe incroyable de son viaduc, telle une invitation à la découverte. Mieux qu'un baromètre, elle indiquait fidèlement la météo des heures à venir aux îliens[1].

Depuis les plages du Douhet, le point de vue sur le célèbre fort Boyard était admirable. L'île d'Aix quant à elle, étalait ses riches atours aux vacanciers audacieux qui voulaient bien se donner la peine de la parcourir à pied ou à vélo.

Comme une pièce de monnaie, Oléron possède deux faces. Pile la mer, face l'océan. Et n'allez pas croire qu'un côté puisse être qualifié de plus calme que l'autre. Tout Oléronais vous le confirmera, ils n'ont ni le même tempérament ni la même identité, bien qu'un sale caractère parfois similaire. Le vent, la luminosité liée à leur exposition opposée, les senteurs de leur végétation, les odeurs de vase ou de sable et bien sûr la teneur même de leurs estrans marins, tout les différencie.

L'horizon de l'océan sur la côte sauvage se perd dans l'infini du soleil couchant quand l'autre face elle, dessine une mer cerclée de terre où que l'on pose son regard. Symbole du levant, l'énergie rosée d'une journée y est chaque matin renouvelée.

D'ailleurs au nord et au sud de ce caillou cal-

---

1. Lorsque La Rochelle est parfaitement visible et dégagée depuis Oléron, cela indique qu'il va pleuvoir.

caire isolé, les zones de contact voire de combat entre ces deux mers n'ont-elles pas une sombre réputation ? Les almanachs de la marine nationale à Rochefort compilent la longue litanie des bateaux naufragés en ces lieux maudits depuis que leurs carnets existent. Malédiction pour les uns, bénédiction pour les autres ! Ces naufrages furent en effet étroitement liés à la survie des habitants d'Oléron au fil des siècles. L'histoire de l'île est émaillée de fortunes maritimes diverses et de mythes fascinants, qui confèrent aujourd'hui à ce lopin de terre, le statut de repaire de naufrageurs.

Grégory Guérin résidait à Saint-Denis, tout près du pittoresque port de plaisance. De mai à octobre, son petit bateau lui permettait de pêcher le bar quelque part entre le phare de Chassiron et celui des Baleines sur Ré. Parfois, il filait ses lignes à proximité des Palles[2], dans le Pertuis d'Antioche, pour prendre quelques seiches. Mais attention, elles ne se donnaient pas à n'importe qui et surtout à n'importe quel moment de la journée. Souvent, cette pêche singulière pratiquée à la turlute[3], ne durait pas plus d'une demi-heure durant laquelle le pêcheur en remontait une toutes les minutes dans un festival de

2. Balise située en mer entre Saint-Denis et le phare d'Antioche. À cet endroit, l'estran rocheux découvre loin et cette balise indique la passe pour les bateaux.

3. Hameçon à la forme particulière, qui possède plusieurs fines armatures en ferraille destinées à prendre les seiches.

jus noirâtre. Puis, passé la frénésie, tout s'arrêtait, presque mystérieusement. Les mollusques ne mordaient plus. À croire qu'une alarme particulière diffusait dans l'eau un signal inaudible, qui sonnait la fin des agapes.

Ce bateau était son petit plaisir, et Grégory avait économisé des années durant pour se le payer. Prof, ça ne gagne pas des masses, mais avec la tête solidement ancrée sur les épaules, il était quand même parvenu à réaliser son rêve, si modeste soit-il.

Issu d'une famille de paysans métayers, Grégory avait dû se retrousser les manches dès le plus jeune âge pour satisfaire les nombreuses exigences du travail agricole de *La Concrère*. Soigner les vaches, panser les bêtes, entretenir le grand potager qui, plus certainement que le labeur du chef de famille, servirait à nourrir les six enfants de la maison. Autant de corvées qui avaient poussé Grégory Guérin à fuir la ferme familiale dès que l'occasion s'était présentée.

Peu importe l'éloignement, un insulaire reste toujours fidèle à son île. Il n'échappait pas à la règle et passait depuis toujours, le plus clair de son temps libre dans sa résidence secondaire à Saint-Denis.

Seuls les enseignants savent ce que représentent trois mois et demi de vacances dans l'année. Bien qu'enviés par la majeure partie de la population, sans doute un peu à raison, mais aussi pour beaucoup à tort – la jalousie étant le premier vice de la majorité – cette chance permettait à Grégory de vivre pleinement sa passion, tout en sachant qu'il ne pourrait pas vaquer éternellement à ses plaisirs en solo sur son bateau. Il lui faudrait également s'occuper de ses enfants et partager quelques activités avec sa femme qui demeurait cloîtrée dans la maison lorsqu'elle n'était pas sur la plage à surveiller les petits ou à ramasser des grains de café, un petit coquillage qu'elle débusquait dans la laisse de mer. Les personnes confinées une fois dans leur vie savent dorénavant de quoi il retourne, s'occuper des marmots est souvent un sacerdoce, mais ni plus ni moins que d'embrasser une carrière d'enseignant.

Partant de cette observation, la première semaine, Grégory avait bien profité de la pêche en mer avec l'un de ses amis d'enfance, et pouvait se targuer d'avoir rapporté de belles pièces : trois bars de deux kilos et un maigre, qui était loin de l'être, du haut de ses cinq kilos et quelques. La deuxième semaine, il avait accompagné ses deux enfants à la pêche à pied. Les rochers du côté de La Brée leur avaient offert une belle cuisine de crabes savoureux et finement iodés. Des *batailleurs*[4], tels que les anciens les nomment ici, leur avaient donné du fil à retordre ! Puis une longue maline[5] passée à brasser des mètres cubes de sable et de vase les avait récompensés d'un régal de couteaux, palourdes et autres coques

4. Des étrilles.

5. La grande marée, celle avec le coefficient le plus élevé. L'eau se retire plus loin et plus longtemps.

du côté du Douhet. Désormais, Grégory savait bien ce qui lui incombait : finie la pêche à pied ! Visites patrimoniales, balades à vélo et randonnées pédestres étaient dorénavant au programme de cette fin de vacances. À cette saison, la baignade n'était pas l'activité à laquelle l'on pensait en premier lieu, au grand dam des enfants. Il restait alors les visites du village ostréicole de Fort-Royer, avec ses cabanes traditionnelles en bois de toutes les couleurs, ou l'indémodable balade du côté du phare de Chassiron, le bagnard de noir et de blanc vêtu qui surveillait de très près la navigation à la pointe nord de l'île. Au sud, sur la commune de Grand Village, le Port des Salines proposait aussi un bel espace sauvage à parcourir. Bref, les occupations ne manquaient pas, de nombreux autres sites garantissaient de belles découvertes comme le centre-ville de Saint-Pierre et son clocher terrasse depuis lequel, par beau temps, l'île s'offrait entière, d'un regard. Sur la côte ouest, le port de pêche de La Cotinière n'était pas en reste, illuminé par sa flotte de bateaux bigarrés, et plus au sud, le parc aquatique *Vert Marine* était très prisé en toutes saisons. Mais Grégory savait que sa famille préférait par-dessus tout les longues balades sur la plage, le long du cordon dunaire ou au milieu des pins et des chênes verts, à l'abri des vents parfois capricieux. Ce jour-là, l'idée de la promenade dans la forêt domaniale de Saint-Trojan était la sienne, mais pas uniquement. Les drôles[6] adoraient s'y balader et parfois s'y perdre…

Pour l'occasion, ils proposèrent à la mère de Grégory, insulaire enracinée, de les accompagner. Ils passèrent la chercher à Saint-Georges d'Oléron. Une petite sortie lui ferait le plus grand bien, ainsi qu'à son chien Duboulot, qui s'installa sans demander l'autorisation à l'arrière de la voiture, aux pieds des enfants, Jules et Mary Lena. Comme à chaque fois, la scène donnait lieu à des récriminations. Ce gros pépère aux longs poils noirs et aux babines toujours baveuses sentait en permanence le chien mouillé. Une demi-heure de traversée de l'île pour se rendre du côté du pertuis de Maumusson, collé à ce compagnon encombrant et malodorant n'enchantait personne. Pourtant, cette balade en forêt restait une source d'excitation. Pour les plus jeunes, ce vaste champ de liberté leur permettrait de gambader sur des chemins tortueux, sinuant à travers d'anciennes dunes aujourd'hui couvertes de pins, avec des parcours à franchir et des cachettes à n'en plus finir. Pour les autres, cette promenade était synonyme de senteurs revigorantes si particulières sous la canopée. À cette époque de l'année, plantes emblématiques et fleurs sauvages s'y épanouissaient en toute quiétude. Les odeurs fraîches et camphrées de la résine collante qui perlaient sur les troncs tentaient de faire face à l'audace des millions d'immor-

6. "Enfants" en patois saintongeais.

telles éclatantes aux effluves de curry safrané bien installées sur les dunes. Voyage sensoriel garanti ! Pour la famille, cette sortie correspondait avant tout à un mythe ressassé toutes ces années par la grand-mère Ernestine. Des mots et des souvenirs qui prenaient alors tout leur sens :

— Des sables mouvants tu dis, grand-mère ? Tu en es sûre ?

— Que le diable m'emporte si je raconte des menteries. Combien d'histoires j'ai pu entendre à ce sujet ! Beaucoup d'hommes y ont laissé leur peau. En 1942, certains Allemands ont même été portés disparus. À c't heure, savions pas si ô l'était les résistants qu'étiant dans le coup, mais des résistants, à Oléron ô l'en avait pas à la pelle. Ou alors *le cachiant beun*[7]. Et puis, le vieux Quentin Dubois, y'a pas si longtemps, il a bien perdu son chien en s'y promenant.

Grégory avait maintes fois entendu ces histoires de sables mouvants, alors il s'était renseigné. La vérité était moins fantasmagorique. Avant 1620, le village de Saint-Trojan était la proie de dunes mouvantes qui se déplaçaient au gré des tempêtes et envahissaient inlassablement les jardins voire les rues du village. Un jour, ce fut même au tour du cimetière de disparaître sous une épaisse couche de sable et peu de temps après l'église ne put échapper, elle non plus, à ce funeste destin. À l'époque, point

7. En patois : Ils le cachaient bien.

d'engins de construction pour contrecarrer ce dépôt perpétuel de sédiments, il fallait s'accommoder de la puissance de la nature et ne pas chercher à la contrarier.

Sur l'île, une légende pas si ancienne racontait même que les Allemands avaient beaucoup creusé pendant l'occupation, pour retrouver une ancienne banque, soi-disant ensevelie sous le sable en une nuit lors d'une tempête. Ces bruits de coursive avaient longtemps circulé et l'arrière-grand-mère, jusqu'à son dernier souffle, n'avait de cesse de répéter que *les nazis n'aviant pas pu trouver le trésor à Saint-Trojan.*

Alors, entre rumeurs et fausses peurs, tout le monde s'accommodait de ces histoires, car elles tendaient à conférer à l'île son caractère magique. Voilà comment la dépeignaient encore aujourd'hui certains poètes oléronais.

C'est vrai qu'elle a de quoi fasciner cette île. Elle rivalise de charmes, avec ses saveurs et ses traditions. Son pineau d'exception et ses vins au goût de leur terroir, son Cognac XO qui n'a rien à envier aux plus grands noms, ses salines, ses écluses, ses pêcheurs, ses estrans nourriciers et même les glaciers réputés de La Cotinière, font de ce lopin de terre iodée une destination touristique de plus en plus prisée. Grégory Guérin se disait d'ailleurs qu'il emmènerait bien tout son monde goûter sur les quais du petit port de pêche après la balade dans les bois, qui allait certainement leur creuser l'appétit.

Cahin-caha, le véhicule avançait paisiblement. La capitale, Saint-Pierre, avec ce que le pays compte de derniers feux de signalisation, fut traversée laborieusement.

Même en basse saison, la route principale de l'île était saturée. Pourtant, Grégory le savait, s'il connaissait tous les chemins de son pays, prendre celui des écoliers ne serait guère plus rapide. Depuis plus de trente ans, les routes secondaires étaient en effet dans un état lamentable et formaient un entrelacs de courbes improbables où la vitesse était extrêmement réduite et la distance multipliée par deux.

Passé Dolus et son atypique magasin Intermarché, fermement engagé dans la lutte en faveur des producteurs locaux, la voiture de Grégory bifurqua sur la droite deux kilomètres plus loin, pour emprunter un axe secondaire. La Peugeot 308 traversa plusieurs villages dignes d'une carte postale, avec leurs fermes en pierres apparentes bordées de légions de roses trémières emblématiques sur l'île et plus largement de la Charente-Maritime.

Dans l'habitacle, les odeurs de résine commençaient leur envoûtement, comme un présage à cette balade forestière dont Grégory allait se souvenir longtemps…

Après une longue ligne droite entre Grand-Village et Saint-Trojan-les-bains, la famille Guérin pénétra dans le pittoresque village ostréicole de ce bout du monde sauvage, au doux parfum de vase. Au rond-point, ils croisèrent ce qui fut le premier magasin de *Retour de plage*, sur le petit port, en face des restaurants posés sur la jetée. Depuis une vingtaine d'années, cette petite échoppe proposait des bijoux d'une grande variété, produits sur Oléron et faits main. Sa réussite était au rendez-vous et les différentes échoppes essaimées en divers points touristiques de l'île ne désemplissaient pas. Une véritable frénésie s'était emparée des consommateurs pour ces boucles d'oreilles, bracelets ou colliers très originaux. Le prix tout à fait accessible de ces parures artisanales était sans doute à l'origine de cet engouement, et laissait aux enfants un souvenir enchanteur à chaque visite. Le marque-page offert en prime, ainsi que la jolie présentation dans un petit sachet saupoudré de sable oléronais faisaient le reste.

Le véhicule traversa le centre-ville pour pénétrer dans la forêt. Puis la famille Guérin doubla la célèbre gare du charmant petit train de Saint-Trojan, dont la réputation n'était également plus à faire. Celui-ci transportait les estivants depuis le village jusqu'aux plages de l'océan, désertes, sauvages et difficiles d'accès puisqu'il n'existait aucune route pour s'y rendre. Les plus courageux souhaitant rallier le bord de mer devaient marcher pendant au moins quatre kilomètres avant d'apercevoir l'immense plage, son sable immaculé et ses dunes à perte de vue. Sur le dernier parking accessible avant les bois, le père stationna la voiture et tout le monde fut libéré. Des vacanciers jouaient à la pétanque dans un coin, tandis que d'autres avaient étendu des serviettes et improvisé un pique-nique champêtre.

L'odeur des sous-bois à cette époque était prégnante. La chaleur, assez inhabituelle pour la saison, donnait un petit air d'été sous ce ciel azur qu'aucun nuage ne venait souiller. Une légère brise provenait de l'océan, rappelant justement qu'ici, ce n'était pas la Méditerranée. Mary Léna trouva quelques jolis spécimens de pommes de pin, qu'elle déposa dans le coffre de la voiture avant que ses parents n'aient terminé de sortir le matériel pour la randonnée. Mamie aussi dut se préparer. Le siège passager lui avait été réservé, petite attention qu'elle appréciait chaque fois de la part de son fils.

Munie d'un bâton de marche, la grand-mère était fin prête à affronter les chemins tortueux de la forêt et peut-être même ses dangereux sables mouvants... Grégory quant à lui, se chargea d'un gros sac à dos contenant des bouteilles d'eau, quelques gâteaux et un jeu de *Mölkky*[8] pour la plage. La petite famille s'engagea alors avec énergie sur les sentiers sablonneux et couverts d'aiguilles de pin.

8. Jeu de quilles d'origine finlandaise.

Chapitre 2

La famille avançait au milieu de la pinède depuis déjà deux heures. Le soleil dardait le sable de ses rayons, qui lui-même réverbérait sa chaleur sur le visage des marcheurs. Une moiteur et une touffeur accablantes ! Par moments, les arbres craquaient, sans doute à cause de ce changement de température si soudain. Partout la sève des arbres s'activait pour distribuer son énergie à toutes leurs extrémités feuillues.

Les enfants avaient particulièrement apprécié une séance de cache-cache. Duboulot, le chien, plus à son aise qu'à l'arrière de la voiture, avait rendu un fier service à ses maîtres en dénichant les cachettes, ce qui avait entraîné la colère des démasqués, criant à l'injustice. Plus tard, tout en profitant d'une marche adaptée au rythme de la grand-mère, les parents avaient lancé un jeu de mémoire. Ils devaient répéter une liste de mots qui grandissait, chacun rajoutant le sien à la fin de l'énumération. *Bout de bois, pin, océan, chemin, chèvre, auxquels s'étaient ra-*

joutés : sable, épine, racine, croisement, feuille… À ce jeu, les enfants étaient particulièrement réceptifs, à l'inverse de la mamie, qui peinait à faire resurgir de son cerveau les mots qu'elle pensait pourtant avoir sur le bout de la langue.

Lorsque le chemin longea la plage, la famille décida d'un commun accord d'y opérer une pause. L'occasion de s'allonger quelques instants pour les plus anciens et d'aller "toucher" la mer pour les plus jeunes. Ils en profitèrent pour se désaltérer. Les enfants apprécièrent de grignoter quelques *choco BN* à la fraise, qu'ils aimaient par-dessus tout, parce que ces biscuits leur rappelaient les vacances d'été sur la plage à l'heure du goûter. Autrefois, durant la saison estivale, des vendeurs à pied arpentaient la laisse de mer pour proposer qui des glaces, qui des mascottes ou des chichis. Mais aujourd'hui, les conditions sanitaires drastiques imposées par l'Europe les avaient fait disparaître. À moins que ce travail éreintant ne trouve plus de volontaires parmi les personnes à la recherche d'un emploi, justement en raison de sa pénibilité. Comme pour les vendanges, il fallait maintenant recourir à une main-d'œuvre étrangère motivée pour combler les besoins. Un paradoxe difficile à entendre !

Puis la famille sortit le jeu de *Mölkky* pour une enivrante partie remportée haut la main par la doyenne, qui put ainsi prendre sa revanche sur le jeu précédent.

Vers seize heures, le soleil amorçait sa lente descente vers l'onde liquide et le père proposa de repartir sur les chemins. Après quelques plaintes formulées par les deux enfants, la petite équipe se remit en route, et la forêt de pins se referma à nouveau sur eux. Véronique, la mère, proposa une partie de *Trésor detector*, un jeu où il fallait cacher deux indices et un trésor. Le but consistait pour ceux qui tenaient en main le détecteur, à retrouver les trois éléments dissimulés aux alentours et à les réunir dans un temps imparti.

Après plusieurs essais rapidement résolus, l'aîné décida d'entrer plus avant au cœur de la forêt en sortant des sentiers battus. Il était bien décidé à proposer la plus difficile des épreuves de *Trésor detector* jamais réalisées. Avançant prudemment sur un sol meuble, il ne put s'empêcher de penser aux histoires de sables mouvants de sa grand-mère. Une pointe d'inquiétude le gagna et lui donna juste suffisamment d'émotions et de piquant pour augmenter son excitation. Il positionna les trois éléments et releva visuellement les endroits pour s'assurer de s'en souvenir afin, le cas échéant, d'aider sa famille à mettre la main dessus. Eux d'ailleurs, patientaient sur le sentier sablonneux à quelques dizaines de mètres.

Le top départ fut lancé et l'équipe des chercheurs commença à orienter son détecteur pour savoir dans quelle direction ils devaient avancer.

Après une dizaine de mètres, le radar de la

console indiqua qu'il fallait sortir de la piste et pénétrer au milieu d'un épais tapis de fougères. Les trois explorateurs, suivis de près par l'aîné qui supervisait la traque, commencèrent à s'enfoncer dans le sous-bois. La mamie, elle, préféra rester sur la piste et attendre. À maintes reprises, Mary Lena poussa de grands cris, une fois parce qu'une bête s'était posée sur elle, une autre fois parce qu'un lézard apeuré avait fui en faisant un bruit suspect dans les broussailles.

— C'est sûrement un serpent, gémit-elle, en tendant les bras vers son père pour qu'il la monte sur ses épaules.

Rassurant, il câlina sa fille pour calmer les esprits et conduire l'expédition à bon port sans psychodrame. Quelques mètres derrière, le garçon jubilait. Jules savait qu'il avait réussi son coup. Une pente à gravir, un passage plus étroit sous les branchages d'un chêne centenaire, et la famille parvint au pied d'une immense dune de sable. Alors qu'une petite clairière se dessinait, la fillette manifesta son désir de redescendre sur la terre ferme. Tout à coup, au milieu de la végétation, le chien jappa. Alors les recherches s'engagèrent.

Les indices étaient dissimulés à moins de six mètres de cette position. Pendant que la mère lançait un regard périphérique pour tenter d'apercevoir l'un des trésors, sans succès, le père suivait Mary Léna qui s'était emparée du détecteur. Le bip se faisait plus puissant, plus oppressant, signe que les chercheurs touchaient au but. Impatiente de trouver le premier élément du jeu, la petite fille s'engouffra sous des fougères et s'y entrava, basculant la tête la première dans le sable. Son père se précipita pour la relever et sourit discrètement en apercevant son visage maculé de terre.

Au milieu des taillis, Duboulot grogna à nouveau pour signaler un danger.

Se tournant vers sa femme, Grégory perdit soudain son sourire et mima un geste de recul si spectaculaire qu'il tomba à la renverse et se retrouva les fesses au milieu de la végétation. Malgré son visage qui témoignait d'un trouble sévère, les trois autres ne purent s'empêcher de pouffer de rire en l'envisageant ainsi étalé dans les fougères. L'homme se releva et d'un ton autoritaire, demanda à sa femme de faire reculer les enfants.

Devant cette soudaine détermination, elle s'exécuta et ramena le frère et la sœur sur le sentier où les attendait la grand-mère. Véronique les lui confia sans plus d'explications, puis repartit vers son mari pour tenter de comprendre ce qui s'était passé. Avec une certaine appréhension, elle s'approcha de Grégory, qui sans tarder lui indiqua du doigt la direction dans laquelle elle devait porter son regard.

À mesure que la vision de la maman s'affinait, Grégory remarqua le changement qui se dessinait sur le visage de sa femme.

À quelques mètres d'eux, partiellement enseveli sous le sable de la dune, gisait un squelette. Le crâne, mais aussi une partie de la cage thoracique, étaient bien dégagés, comme si le vent avait balayé le sable et laissé le squelette lentement retrouver la lumière du jour. Ce qui était certain, c'est que le cadavre ne datait pas d'hier. Pour sûr, il ne lui restait que les os sous la peau. Même si de la peau, il y avait longtemps qu'il n'en avait plus !

Grégory prit son téléphone, mais aucun réseau ne s'afficha. Une fois revenu sur la piste, après avoir rassuré les enfants et la mamie sur leur découverte, il expliqua sans rentrer dans les détails qu'il avait trouvé « quelque chose de bizarre au pied de la dune ». Alors, pour être certain de reconnaître les lieux, il repéra une énorme souche à proximité et prit soin de la positionner non loin de là où ils avaient identifié la présence du squelette.

Grâce à une carte fournie par l'office de tourisme, Grégory nota approximativement l'endroit, puis il détermina le chemin le plus court qui les conduirait à la civilisation. Fin de partie.

Le père décida également de laisser sur place les éléments secondaires du *Trésor detector*. Il pensa que leurs balises émettrices pourraient s'avérer utiles pour se repérer au milieu de la forêt lorsqu'il reviendrait plus tard accompagné des enquêteurs.

Finalement, au bout d'une heure de marche, dans un silence pesant, la famille finit par rejoindre une route goudronnée. Le père réussit à faire s'arrêter un véhicule qui passait. Après quelques explications livrées au conducteur, Véronique monta à bord, réquisitionnée pour rallier la voiture garée sur le parking de la station du petit train. Pendant ce temps, le père composa le numéro de la gendarmerie. Il n'y avait guère d'urgence, il le savait, les secours n'auraient personne à sauver. Mais il fallait tout de même faire vite afin d'indiquer la piste aux gendarmes avant que la nuit ne tombe.

Ils oublièrent purement et simplement l'escale gastronomique à La Cotinière avec ses succulentes glaces et son panorama grandiose de couleurs chatoyantes. Au retour de Véronique, Grégory fit monter les deux enfants et le chien à l'arrière. Sa mère à l'avant. Lui resterait sur place pour aider la gendarmerie. Les hommes en bleu le ramèneraient à la maison, une fois le squelette placé sous scellés.

Chapitre 3

La forêt murmurait et amplifiait le silence. Après une interminable attente, vers dix-huit heures trente, Grégory aperçut au loin sur la route départementale, les gyrophares de la camionnette des gendarmes. Le véhicule fut garé avec grand soin et deux hommes portant fièrement l'uniforme s'en extirpèrent.

En cette saison, les journées s'étiraient au-delà de vingt et une heures, ce qui laissait un peu moins de trois heures aux agents pour baliser la zone sur laquelle avait été retrouvé le squelette. A priori suffisant !

Le gendarme qui s'avança vers Grégory pour lui serrer la main et se présenter était assez costaud. La cinquantaine bien tassée, son état physique témoignait d'un certain entretien. L'enseignant perçut immédiatement chez lui une assurance et un professionnalisme à toute épreuve. L'officier semblait rompu au large panel des missions imposées par son métier. S'agissant de cette intervention sur un cadavre ancien, le gendarme semblait même plutôt heureux de se déplacer pour récupérer un tas d'ossements. Ça changeait des odeurs habituelles de charogne et des soulèvements de cœur à la vue des abominations de certaines scènes de crime. Avec un peu de chance, l'enquête serait vite classée ! Quant à la nouvelle de la réapparition de ce corps, dissimulé sous la dune depuis des lustres, a priori, elle ne devrait pas engendrer de psychodrame notoire dans les chaumières, ce qui arrangeait bien tout le monde, à commencer par les gendarmes !

— Monsieur Grégory Guérin ? questionna Jean-Claude Tessier.

— Lui-même, répondit le père de famille, qui n'avait dorénavant qu'une hâte : rentrer chez lui et retrouver sa petite famille à Saint-Denis, autour d'un bon dîner.

— Adjoint Mourad Abdelkader, se présenta le second homme en bleu.

Pourtant, avec la perspective du chemin aller-retour pour mener les enquêteurs sur zone, l'enseignant savait qu'il n'était pas prêt de rejoindre ses pénates. À moins que les gendarmes ne consentent à lui appeler un taxi, il savait qu'il aurait le choix entre payer ce dernier de ses propres deniers ou bien attendre que les officiers le ramènent chez lui. Après tout, Saint-Pierre était au centre de l'île et à seulement une quinzaine de kilomètres de Saint-Denis. C'était bien la moindre des choses qu'ils le raccompagnent à bon port !

— Alors, comme ça vous avez trouvé un squelette ? C'est pas anodin comme découverte. Que s'est-il passé ?

— Nous faisions une balade en famille dans la forêt, et mon fils s'est mis en tête de débusquer la meilleure cachette pour son *Trésor détector*. Vous connaissez ?

— Le jeu ? répondit Mourad. Oui, ma nièce en a un. Je me souviens avoir vu mes neveux s'amuser avec, la dernière fois que j'ai mangé chez ma sœur. Ça fonctionne comme un radar, et plus il y a de barres qui apparaissent sur l'écran, plus celui qui cherche sait qu'il est dans la bonne direction et qu'il s'approche de la cible, expliqua-t-il à son officier.

— C'est exactement ça. J'ai tout laissé sur place, pour nous aider à retrouver le squelette, enfin, au cas où… Et puis, avec les enfants, je ne voulais pas trop traîner dans la forêt dans ces conditions !

— Je comprends, acquiesça le gendarme qui, pour sa part, en avait vu d'autres et de bien pires.

— Vous venez souvent vous promener par ici ? renchérit le gendarme, qui, profession oblige, appliquait déjà les bonnes vieilles méthodes d'interrogatoire.

— Je suis originaire d'Oléron, mais je n'y réside pas à l'année. Je suis enseignant sur le continent. Avec ma femme, nous avons une maisonnette du côté de Saint-Denis, et c'est vrai que de temps en temps, nous aimons bien descendre au sud de l'île.

Avant, on venait pour pêcher des coques ou des lavagnons, mais de nos jours, vous savez… D'une, il faut trop de temps pour traverser l'île entre avril et octobre. Et de deux, on ne ramasse plus grand-chose ici et les coquillages sont trop petits. Mais en dehors de l'été, on aime bien venir se promener dans la forêt, même si la plupart du temps, on préfère celle de Boyardville, elle est plus proche et il y a pas mal de parcours sportifs à faire. Les enfants aiment bien.

— Ici, c'est plus sauvage, ça se mérite. Je pense aussi qu'il y a moins de monde à se promener dans ce coin de forêt. En dehors des zones balisées, les touristes ne s'aventurent pas trop. Et puis, on peut facilement s'y perdre…

— À qui le dites-vous, il y a quelques années, il n'y avait pas encore les portables, et on s'y est perdu. Depuis, on n'oublie jamais nos appareils, même si ça ne capte pas partout... Pas pour téléphoner, d'ailleurs, sur place, là où je vais vous conduire, il n'y a pas de réseau. Mais par contre, la boussole de l'iPhone, elle, peut toujours s'avérer d'une grande utilité !

Maintenant totalement apprêtés, les deux gendarmes se munirent d'un sac à dos. Mourad portait à la main une grosse valise, qui malgré son volume, semblait assez légère. En les voyant ainsi équipés, l'enseignant demanda s'il pouvait être utile à quelque chose. Jean-Claude tendit sa main vers le chemin qui s'engouffrait dans la forêt et répondit qu'en effet, il pouvait conduire la marche. La balade débuta, facile au début, puis peu à peu, les organismes furent sollicités par une avancée laborieuse dans le sable, où chaque pas constituait un effort conséquent. Le sable était sec et chaud, donc très meuble. Les gendarmes en avaient l'habitude, cela faisait partie de leur quotidien. Toujours est-il que ces petites allées forestières avaient tout de même plus de charme qu'un simple chemin de terre ou qu'une route bitumée.

Vers dix-neuf heures trente, après avoir dépassé une colline d'une vingtaine de mètres de haut, Grégory aperçut enfin la grosse souche qu'il avait placée en évidence pour signaler la bifurcation dans le sous-bois.

— Voilà, nous y sommes, s'enthousiasma l'enseignant. C'est par ici, quelques mètres plus loin à l'intérieur de la forêt.

Jean-Claude sortit une machette et commença à battre les feuilles des fougères, les ronces, et les arbustes, pour dégager nettement un chemin au milieu de la végétation.

Bientôt, la petite clairière apparut dans la lumière écrue du soleil couchant. Rapidement, l'adjoint distingua la couleur laiteuse d'un crâne qui dépassait au-dessus d'une coulée de sable dépourvue de végétation.

— Très original, ça nous change des scènes de

crimes habituelles avec de l'hémoglobine partout ou des corps en décomposition, fit remarquer Mourad, qui se délectait presque de cette découverte macabre d'un genre plutôt historique.

— En effet, à en juger par l'état du squelette entièrement décharné et lisse, il y a fort à parier que cet homme ou cette femme soit perdu ici depuis très longtemps. C'est plutôt des historiens qu'il aurait fallu contacter. Qui sait, vous avez peut-être mis à jour une nécropole d'un autre âge ?

— Je n'en sais rien, vos légistes seront plus calés que moi pour le déterminer. Personnellement, la seule chose que je souhaite à cet instant précis, c'est pouvoir rentrer à la maison et poursuivre mes vacances oléronaises.

— Bien reçu le message, on pare au plus pressé. Il faut qu'on vous ramène chez vous, je suppose ?

— Effectivement, ça m'arrangerait…

Après avoir fait un rapide tour des lieux, Mourad revint, portant dans ses mains quatre morceaux de bois, ramassés à proximité et qui mesuraient chacun près d'un mètre. Il matérialisa un espace carré d'environ trois mètres autour du squelette, puis fixa de la rubalise tout autour. De toute manière, au vu de la configuration des lieux, il eut été difficile de faire plus large. Pendant ce temps, Jean-Claude Tessier, qui avait sorti une pelle pliable de son sac à dos, dégageait les contours du corps avec soin.

Bientôt, un squelette complet, recroquevillé en chien de fusil, se matérialisa sous leurs yeux. Mourad déplia un sac mortuaire de couleur noire et avec infiniment de précaution, le major muni de gants en latex, ramassa les ossements un à un. Armé d'une brosse, Mourad continua à fouiller le sol à la recherche d'autres morceaux, creusant toujours plus profond dans le sable, jusqu'à ce qu'il ne reste plus rien.

Par acquit de conscience, Jean-Claude Tessier commença une ronde autour du lieu de la découverte du corps devant les yeux ébahis du promeneur du dimanche, qui observait avec attention le moindre geste de chacun d'eux. À un moment, Jean-Claude s'enfonça dans les taillis et Grégory le perdit de vue. Mourad s'appliquait à prendre des photos de la scène sous tous les angles. Il était important de ne rien laisser au hasard. Cela éviterait, le cas échéant, de revenir sur place pour isoler un détail d'importance qui apparaîtrait par la suite, au milieu de l'enquête.

Le major s'était engouffré au milieu des fougères sous la coupe des résineux depuis une dizaine de minutes, quand une voix se fit entendre au milieu des bois. C'était Jean-Claude qui appelait Mourad à la rescousse.

— Par ici, criait-il à l'attention de son adjoint.

Mourad se glissa au milieu des ronces en direction des cris.

Au bout d'un quart d'heure, les deux gendarmes revinrent, et cette fois-ci, les sourires avaient quitté leur visage.

Grégory les regarda d'une manière étrange qui semblait demander : « Mais qu'est-ce que vous avez bien pu trouver de si troublant ? ».

Jean-Claude Tessier haussa les épaules, ouvrit les mains vers le ciel et déclara :

— Je crains que ce dossier ne nous réserve un certain nombre de surprises. Nous avons découvert un cadavre un peu plus loin, juste à l'entrée d'une excavation conduisant à un tunnel visiblement fraîchement dégagé sous la dune. Nous ne sommes pas équipés pour gérer ce genre de situation. Le conduit semble pour le moins précaire et menace de s'effondrer ! Il va nous falloir revenir demain matin, avec des bras et du matériel approprié, déclara-t-il.

— Un autre squelette, interrogea le vacancier ?

— Non ! Un cadavre, un vrai, un qui date d'il n'y a pas bien longtemps. Tout frais. Un homme, d'une cinquantaine d'années. Là, on est plus dans notre élément, commenta le gendarme.

— Et vous croyez que ça a un lien avec ce squelette ?

— Il est trop tôt pour le dire, et je crains que la nuit ne tombe avant que nous ne puissions répondre à cette question.

Jean-Claude demanda à Mourad de lui prêter main-forte, et ils repartirent quelques instants vers le cadavre, un sac mortuaire à la main. Difficile de faire intervenir une autre équipe à cette heure-ci. Jean-Claude savait que la procédure le justifiait, mais ici en pleine forêt, il ne voyait guère le criminel revenir pour déplacer le corps ni encore moins un quidam s'aventurer dans les sous-bois au beau milieu de la nuit. D'ailleurs, si l'assassin avait laissé le corps, c'est qu'il pensait que dans ces épais taillis, personne ne le retrouverait avant longtemps. Le cadavre attendrait donc jusqu'au lendemain. Conservé dans un sac mortuaire étanche, déposé à l'intérieur du tunnel dont Tessier avait condamné l'accès en cadenassant la grille d'entrée, aucune raison qu'il ne s'évapore, pensait-il. De toute façon, Jean-Claude était prêt à assumer son choix et ses actes. Ils n'allaient tout de même pas traîner le corps sur des kilomètres au milieu de la forêt pour le rapporter avec eux !

Les deux gendarmes revinrent finalement vers l'enseignant et Mourad déclara, comme pour se justifier :

— Nous avons balisé la zone avec de la rubalise et sécurisé la scène de crime. Nous reviendrons très tôt demain matin avec une équipe pour mener une inspection plus poussée.

Puis il ajouta :

— Je crois bien que nous avons une nouvelle affaire de meurtre sur les bras !

— Incroyable ! Et ce genre de choses arrive si

souvent que cela par chez vous ?

Les deux gendarmes échangèrent un regard navré qui en disait long. Puis ils se mirent en route, et tout en avançant, les hommes en bleu partagèrent avec Grégory quelques infos sur leur métier :

— Vous n'avez pas idée du monde dans lequel nous vivons, cher monsieur. Vous, vous m'avez l'air d'être quelqu'un de bien, une personne parfaitement insérée professionnellement et socialement. Vous avez fondé une famille, vous vous êtes aménagé un cadre de vie confortable et paisible. Mais croyez-moi, le monde foisonne d'humains sans scrupule et d'individus prêts à tout. C'est pas à moi d'expliquer comment ces gens sont devenus ce qu'ils sont, mais c'est mon boulot de faire en sorte de les canaliser, ce qui implique de les placer dans un endroit où ils ne seront plus une menace pour le reste de la population.

— Ah oui, quand même ! Je veux bien vous croire, mais vous savez, je suis enseignant et même si je n'ai jamais quitté l'univers scolaire, je mesure parfaitement l'effondrement de nos valeurs. Nos méthodes d'enseignement ont beaucoup évolué, et l'école s'est durcie au diapason de notre société. Nous avons affaire à des gamins qui n'auraient jamais eu de tels comportements il y a vingt ou trente ans, avoua Grégory désemparé à son tour.

Jean-Claude haussa les épaules. Aucune conversation ne saurait expliquer à un citoyen lambda les turpitudes et les tourmentes subies dans le cadre de son travail. Il fallait le vivre pour le croire. Tout au mieux, il se considérait comme un nettoyeur, ou pire comme un vulgaire épouvantail destiné à rappeler au citoyen que les crimes et les méfaits n'étaient pas censés rester impunis.

Ce qui avait changé, c'était la peur de l'incarcération. Avec l'engorgement des prisons, il fallait vraiment y aller pour se retrouver entre quatre murs. Et puis, au centre pénitentiaire, la vie n'était plus celle du Moyen Âge. Pour beaucoup d'individus, avoir ainsi la certitude d'obtenir en prison un repas à heure fixe chaque jour était presque un luxe.

Enfin, l'uniforme n'engendrait plus la même crainte qu'autrefois. Entre, d'un côté les gens qui n'avaient plus rien à perdre et de l'autre, la quasi-certitude de ne pas être inquiété, s'assemblait là un cocktail détonnant justifiant toutes les audaces. *Les cons ça ose tout, c'est même à ça qu'on les reconnaît*, faisait dire Michel Audiard à Lino Ventura. Le monde actuel se durcissait chaque année un peu plus, les flics faisaient ce qu'ils pouvaient pour en juguler les dérives. Jean-Claude le savait bien, une petite loi ne changerait sûrement pas les choses en profondeur. C'était toute la société qu'il fallait réenchanter, depuis l'éducation jusqu'à ce monde du travail rendu impitoyable par la force des choses.

Le célèbre fabuliste[9] aurait eu le vent en poupe s'il avait pu faire la promotion dans les médias de sa *Cigale et la fourmi* de nos jours. Aucune morale ne s'appliquait mieux à la France d'aujourd'hui.

Une chape de plomb semblait maintenant oppresser les poitrines des gendarmes et du brave enseignant. Jean-Claude Tessier encouragea ses deux partenaires à accélérer la marche pour rejoindre la route au plus vite. Comme le disait souvent le gendarme : "à chaque journée suffisait sa peine". Demain, il serait temps de retrouver l'énergie nécessaire pour comprendre ce qui avait bien pu se dérouler dans ces sous-bois.

Trois quarts d'heure d'une marche soutenue plus tard, le véhicule regagné, ils prirent la direction de Saint-Denis. Pour Grégory, même s'il annonça fièrement dans la voiture qu'il souhaiterait connaître l'épilogue de cette histoire, l'excitation générée par les derniers événements s'arrêtait là. Après une trentaine de minutes de transport à vive allure, le père de famille regagna enfin ses pénates en bord de mer. Devant le portail de sa résidence, il observa la camionnette de la gendarmerie s'éloigner sur la route littorale qui longe l'océan face à La Rochelle, en direction de La Brée. De l'autre côté de l'île, le soleil achevait sa rotation au milieu des eaux. La clarté estivale allait se prolonger de longues minutes encore.

---

9. Jean De La Fontaine.

Chapitre 4

La gendarmerie bourdonnait comme une ruche. Des voix résonnaient, des portes claquaient, le photocopieur ronronnait, autant de sons familiers présentement insupportables. Ce matin, Jean-Claude n'était pas de bonne humeur. Une autre manière de dire qu'il avait la gueule de bois. La veille, après la sortie en forêt, il avait ouvert une bière, histoire de se désaltérer, puis une autre, histoire de se déstresser, et enfin sans même s'en rendre compte, il avait vidé la bouteille d'un fameux rhum arrangé qui traînait dans le petit meuble à apéro en bois d'acajou. Jean-Claude avait du mal à encaisser le départ de sa femme, partie à Bordeaux reprendre le cours normal de son existence après avoir parfaitement tenu son rang de femme de flic et de mère durant près de vingt ans. De nombreuses questions se fracassaient dans sa tête, sans qu'il ne puisse y apporter de réponses claires. Maintenant les enfants étaient grands. Ils avaient quitté le cocon familial et le couple s'était retrouvé seul, face à ses interrogations, ses doutes et bientôt son indifférence.

La séparation avait sans doute été plus difficile pour Jean-Claude, car lui n'avait pas réellement pris conscience des dangers de la situation. Il travaillait sans cesse et sa compagne lui apportait l'équilibre familial dont il avait besoin plus que tout au monde, pour tenir, pour rester debout et encaisser sans broncher les coups durs de son métier. Pendant ce temps, sa femme avait dû gérer le quotidien de la maison, les repas, les enfants, leurs devoirs, leur éducation, leur sport et même leurs loisirs. Seule.

Et puis l'ennui aussi. Ce paramètre, Jean-Claude n'avait jamais su l'appréhender. Chez lui, jamais de temps mort. Pour sûr, des morts, il en côtoyait plus qu'à son tour, mais l'ennui était un mot absent de son vocabulaire. Il n'avait jamais été capable de prendre du temps pour lui, et encore moins pour sa famille. Ces vingt dernières années avaient défilé sans crier gare, et maintenant il était trop tard. Ce qui est perdu l'est toujours de manière irrémédiable.

Ces années s'étaient résumées à un claquement de doigts, ni plus ni moins, et tout cela s'achevait maintenant par un violent uppercut en pleine figure. C'est quand on perd les gens auxquels on tient le plus, que l'on se rend compte combien on tenait à eux. À quel point ils jouaient un rôle essentiel dans l'équilibre mental et social de notre existence.

Plus que tout, Jean-Claude aimait son métier. L'abandonner aujourd'hui à cause de sa situation personnelle, reviendrait à renier toutes ces années passées au service de ses concitoyens. Et malgré les épreuves rencontrées, rien ne semblait altérer son envie d'aider et son altruisme naturel.

Dans les locaux de la gendarmerie, les effluves de café imprégnaient tout et devenaient presque indissociables de la vie au bureau, du matin jusqu'au soir. Dans le couloir, la machine à café officielle distribuait un jus de chaussette infect dont chacun devait s'accommoder depuis leur entrée en fonction. Tous, sauf Pierre Bourguignon. Le big boss n'avait jamais pu s'y habituer et sur ses deniers personnels, avait investi dans un percolateur dernière génération, installé dans son bureau. C'était le petit plus qui lui permettait également de récompenser ses assesseurs lorsqu'une enquête donnait des résultats positifs. Le management à la Bourguignon n'était pas la panacée. Au café suave, la plupart de ses collègues auraient préféré une augmentation significative de leur salaire, eu égard aux efforts consentis. Mais c'était bien là l'une des rares compensations palpables qu'ils pouvaient retirer de leur investissement sans limites à un métier auquel les années passant, ils croyaient de moins en moins. Qu'il était loin le temps de l'enfance, lorsque gamins ils annonçaient fièrement à leur maîtresse d'école vouloir devenir gendarmes !

Depuis un quart d'heure, Bourguignon analysait les résultats partiels de l'autopsie du cadavre retrouvé à l'entrée du tumulus dans la forêt de Saint-Trojan et ramené très tôt, le matin même. Pour une fois, les médecins légistes avaient été d'une rapidité exemplaire. S'ils n'avaient toujours pas les résultats de la recherche d'identité du macchabée, il savait dorénavant que l'homme, puisqu'il s'agissait d'un individu de sexe masculin, avait trouvé la mort en raison de la pénétration d'un objet contondant dans son cou, à la hauteur de la carotide. Un seul coup porté, qui s'était avéré fatal pour le solide gaillard, flirtant avec les deux mètres de haut. La victime s'était effondrée sur elle-même et son sang avait été absorbé par le chemin sablonneux. Quoi qu'il en soit, l'individu n'avait pas été tué à l'endroit où le corps avait été retrouvé, mais bien plus loin, à plusieurs centaines de mètres du caveau. La victime avait ensuite été traînée jusqu'à l'entrée du tumulus où elle avait été abandonnée pour une raison qui restait à déterminer.

Pour le moment, il s'avérait difficile de discerner avec précision d'éventuelles empreintes appartenant à l'agresseur de celles des pilleurs. En effet, dans la chapelle et ses alentours, les gendarmes avaient identifié une multitude de traces de pas. Des chaussures aux pointures visiblement différentes, allant du 39 au 44 étaient passées par là. Il était encore délicat de savoir à qui elles appartenaient. La taille 39 pouvant tout aussi bien incriminer un homme ou une femme. Après de nombreux prélèvements, il fut déterminé qu'au moins quatre personnes se trouvaient sur les lieux quand le crime s'était produit.

Vers dix heures, le téléphone hurla dans le bureau de Bourguignon. Le planton à l'accueil lui signifia que l'équipe technique en provenance de La Rochelle était arrivée. Un spécialiste de la police en archéologie forensique[10] lui avait été chaudement recommandé par les autorités du continent. Il était accompagné d'un spécialiste du Moyen Âge dépêché sur place par l'université de Poitiers. L'équipe se mit alors en ordre de bataille et bientôt, deux fourgons de gendarmerie partirent rejoindre le site archéologico légal.

Dès l'aurore, les gendarmes s'étaient tout d'abord activés pour rapatrier le corps chez le légiste, puis ils avaient réuni le matériel nécessaire afin de consolider le tunnel improvisé par le ou les visiteurs. Ils avaient ensuite éclairé la scène de crime afin de permettre à l'enquête de se dérouler dans les meilleures conditions de sécurité.

Deux gendarmes s'étaient rendus à Bric'Oléron avant l'ouverture, pour récupérer des madriers de bois qui serviraient à soutenir l'excavation en cours ainsi que du matériel pour éclairer au mieux le site ainsi dégagé sous la dune.

---

10. L'archéologie forensique est l'application des méthodes de l'archéologie dans des contextes criminels de recherche et de découverte de corps enfouis illégalement.

Plus tard, vers treize heures, lorsque Bourguignon arriva dans la forêt, le site avait été sécurisé et il n'eut plus qu'à se donner la peine de pénétrer dans les lieux. Il était suivi de près par Martine Dubois, l'agent spéciale chaudement recommandée par l'antenne de la PJ de La Rochelle, et par Joël Raynal, professeur agrégé d'histoire médiévale à l'université de sciences humaines de Poitiers.

Vue de l'extérieur, l'entrée du tunnel n'était ni haute ni large. Pour pénétrer sous la dune, une seule solution : s'y faufiler à quatre pattes et avancer prudemment. En se penchant pour regarder à l'intérieur, le capitaine apprécia le travail de ses collègues qui avaient renforcé avec soin la totalité de la paroi intérieure du tunnel. Au milieu de tous ces tasseaux de bois, le passage n'en était que plus réduit.

Jean-Claude Tessier fut le premier des gradés à s'aventurer sous le tumulus, suivi de près par son chef et ami Pierre Bourguignon. Les deux «spécialistes» fermaient la marche.

«Pas plus de quatre personnes à l'intérieur en même temps» avait précisé l'adjoint Mourad. «Pas à cause de la place, vous verrez, c'est assez vaste, mais plutôt à cause de l'oxygène assez restreint, et surtout pour ne pas souiller d'éventuels indices».

Mourad, comme plusieurs de ses collègues, avait déjà eu le privilège de pénétrer dans l'édifice dissimulé sous la dune. Il avait donc eu tout loisir de jeter un œil émerveillé à son contenu. Quelque chose d'incroyable attendait les enquêteurs et les spécialistes en archéologie.

Devant les interrogations de ses chefs, il s'était contenté de dire : «Je vous laisse découvrir par vous-mêmes, je crois qu'il s'agit d'une découverte archéologique majeure.»

Lorsque tous eurent disparu sous les sables, à la manière d'égyptologues découvrant l'entrée d'une pyramide, Mourad esquissa un petit sourire. Décidément, ce n'était pas tous les jours qu'une enquête pour homicide les conduisait sur un site si remarquable.

Après une dizaine de mètres à se faufiler comme un spéléologue, Pierre Bourguignon put enfin déployer ses grandes jambes. Face à lui, s'ouvrait une pièce de la même taille qu'une chapelle. Avant même de s'assurer que ses suivants soient également parvenus à s'extirper du tunnel, son regard se posa sur le monument qui trônait au centre de la nef. L'officier distingua immédiatement un cercueil surplombé d'un magnifique gisant en pierre finement taillé et sculpté. Le plus extraordinaire, c'était les inscriptions qui semblaient couvrir intégralement le tombeau.

Derrière lui, il entendit l'historien s'exclamer :

— Incroyable ! Magnifique ! C'est une chapelle de style roman. À première vue, je dirais qu'elle date du XIe ou XIIe siècle.

— Pour le moins surprenant, avisa Martine Dubois, dont les yeux ne savaient plus où se poser, tant il y avait d'éléments à scruter dans la pièce.

Des fresques aux couleurs vives couvraient une partie des parois intérieures sur toute la hauteur, soit environ six mètres. Sur les murs exempts de dessins, des lignes de texte écrites en latin recouvraient la totalité de l'espace. Le roman d'une vie sans doute.

Pour la première fois depuis leur arrivée, Jean-Claude Tessier s'intéressa aux deux spécialistes qu'on leur avait mis entre les pattes. Joël Raynal, avec sa moustache épaisse, ses petites lunettes rondes, ses cheveux hirsutes et mal coiffés, correspondait parfaitement à l'image traditionnelle du rat de bibliothèque. Quant à Martine Dubois, quinqua blonde aux yeux bleus, cheveux courts coupés au carré, traits du visage très fins, son allure urbaine, manucurée et tirée à quatre épingles, détonnait curieusement dans ce décor souterrain. Au premier regard échangé, il aurait pu jurer qu'il s'était produit quelque chose entre eux. Une petite étincelle avait jailli au creux de son ventre, effaçant d'un coup les acidités de ce lendemain de cuite et activant d'instinct un sourire enjôleur, voire un peu bêta.

Bourguignon, qui n'était pas là pour le plaisir d'échanger Histoire avec ses collègues, se voulut tout de suite pragmatique. Il fit le tour de la crypte et déclara :

— À en juger par la configuration des lieux, cet

endroit n'a pas dû être souvent exposé à l'air libre. Il a été bâti par des personnes qui souhaitaient conserver ce lieu secret, à l'abri des regards indiscrets. La voûte que nous avons là, et vous m'interrompez professeur si je me trompe, dit-il à l'attention de Joël Raynal, semble avoir été élaborée pour soutenir le poids du sable ou de la terre vraisemblablement amassé au-dessus après avoir mis en bière la personne que contient a priori ce sarcophage. D'ailleurs, selon vous, va-t-on trouver un corps à l'intérieur ?

— C'est tout à fait probable, confirma l'historien.

Il reçut l'assentiment de Martine Dubois, sous la forme d'un plissement des lèvres et d'un haussement d'épaules qui, somme toute, semblaient plutôt vouloir dire : *La chose n'est pas à exclure.*

— Vous avez déjà observé quelque chose de similaire en France ou ailleurs, lors de vos différentes missions ?

— C'est un peu tôt pour le dire, nous venons juste d'arriver, rétorqua l'historien, d'une manière un peu cinglante.

Face au regard inquisiteur du capitaine, il se ravisa et tempéra :

— Parfois on découvre que des chapelles romanes cimétériales ont été construites sur des ossuaires eux-mêmes entassés dans des salles murées, comme à l'Octogone de Montmorillon dans la Vienne, ou encore dans le sud de la France… J'ai en mémoire la découverte de certains ossuaires contenant des centaines et parfois des milliers de soldats morts au combat, datant de l'époque de Charlemagne du côté de Rennes le Château. Vous en avez sans doute entendu parler ?

— De Rennes le Château ? répliqua Jean-Claude, oui, c'est là où se trouve l'église du fameux Abbé Saunière. Dan Brown s'en est inspiré il me semble, pour réaliser le *Da Vinci Code* ?

— Oui, enfin passons les détails romanesques de cette affaire. Et pour en revenir à nos moutons, non, à ma connaissance, jamais on n'a retrouvé un site de cette ampleur dissimulé ainsi sous terre, et édifié, semble-t-il, à l'attention d'un seul individu. D'habitude, les puissants, les empereurs, les princes, les rois, et jusqu'au moindre petit personnage de pouvoir, aiment se faire enterrer dans un lieu somptueux à la vue de tous, pour que l'histoire se souvienne de leur grandeur et de leur puissance.

« La modestie n'a jamais été l'apanage des grands de ce monde », ajouta-t-il en aparté un ton plus bas.

Puis, à voix haute, il poursuivit son exposé :

— À la limite, on pourrait comparer ce site à certaines constructions égyptiennes conçues pour le repos éternel d'un roi ou d'une reine… La folie des grandeurs en moins, souligna Joël Raynal.

L'historien s'était rapproché du gisant tout en parlant et s'arrêta de discuter alors qu'il semblait déchiffrer une partie des écritures. Puis il se recula pour obtenir une vue d'ensemble des gravures ornant la pierre tombale.

— Je n'ai pas le souvenir d'avoir déjà vu une telle œuvre d'art ! souligna Martine Dubois. Ce tombeau et ce gisant sont des modèles uniques, remarquez la finesse des gravures ! Celui qui a réalisé ça possédait un talent fou, commenta-t-elle à l'attention de son collègue.

Parce qu'ils comprirent qu'il fallait laisser les deux spécialistes approfondir leur travail d'analyse, Bourguignon et Tessier s'éloignèrent du centre de la salle et commencèrent à investiguer ce qui était pour eux, avant toute chose, une scène d'enquête. Malgré lui, Jean-Claude ne put s'empêcher de poser à nouveau un regard bienveillant sur la silhouette féminine qui s'activait déjà autour du sarcophage. Pierre l'intercepta et lui adressa un clin d'œil tout en lui indiquant la direction opposée dans la salle, là où se trouvait leur zone de compétence à eux.

En dehors du faisceau de lumière fixé au sommet de la crypte pour éclairer directement la tombe, des petits spots avaient été placés au pied des parois tout autour de la salle funéraire. Quelques toiles d'araignées de-ci de-là indiquaient que le ménage n'avait pas été souvent fait ces derniers siècles, mais en dehors de cela, l'endroit était propre, impeccable et pour tout dire hors du temps. En apparence, personne n'était entré dans cette salle depuis des lustres ou si c'était le cas, l'individu avait pris soin de ne laisser aucune trace de son passage. Personne en tout cas, en dehors des quatre individus récemment repérés grâce aux traces de pas disséminées tout autour de la chapelle.

« Qui pouvait bien être le criminel ? » se demandait Bourguignon. « Un homme ? Une femme ? »

De prime abord, en envisageant mentalement le corps de deux mètres de haut de la victime, il devait plus certainement s'agir d'un homme. Il fallait avoir de la force pour asséner un tel coup à un individu de cette taille-là. Il fallait aussi du cran et Tessier, comme Bourguignon, savait que ces crimes de sang au moyen d'un objet contondant étaient plus souvent l'œuvre d'hommes que de femmes.

Cependant, pour l'heure il ne s'agissait pas de fermer quelque porte que ce soit. Le champ des possibles restait vaste et ouvert. Trop ouvert au goût de Tessier qui avait suivi son chef, ressorti à l'air libre bien avant lui.

À peine extirpé du tunnel, ce dernier avait dégainé son téléphone. L'équipe avait prévu de se munir de trois puces, et c'est finalement celle d'Orange qui était la seule à capter un signal dans le sous-bois. Au bout du fil, Bourguignon s'entretenait avec le procureur en charge du dossier. Ce dernier s'informait des dernières découvertes et ordonnait déjà qu'on lui fournisse au plus vite toutes les pièces du dossier. Quand son chef raccrocha, Tessier s'approcha de lui pour connaître la suite de la procédure.

— Alors ? Quelles sont les nouvelles du ministère public ?

D'un air narquois, Bourguignon sourit :

— Je lui ai parlé de la découverte archéologique, a priori majeure, faite dans la chapelle et j'attends ses instructions concernant la mise en place de l'enquête de flagrance sur le meurtre constaté hors les murs, d'ici quelques minutes.

Bourguignon se gratta la tête.

Il lui semblait opportun d'utiliser ce temps de réflexion au beau milieu des pins pour faire un premier bilan de la situation. Il regarda Tessier, le toisa, puis jeta un regard périphérique sur la clairière avant de prendre la parole :

— Bon, qu'est-ce que l'on a à se mettre sous la dent pour le moment ? Histoire de délimiter les contours de l'enquête.

— Déjà, c'est pas n'importe qui ces types, analysa Tessier. Pour découvrir un tel site, il semblerait que l'on ait plutôt affaire à des archéologues confirmés ou bien à des personnes qui s'intéressent de près à l'histoire avec un grand H. Pour mettre à jour un pareil monument, ils savaient immanquablement ce qu'ils cherchaient, les diables ! Je pense que lorsque nos spécialistes sauront nous dire quel personnage est emmuré dans cette chapelle, ça va nous permettre d'envisager un certain nombre de pistes pour débuter l'enquête.

— Pareil pour l'identification du cadavre. Je pense que c'est l'erreur majeure de ce ou de ces criminels. Je crois qu'ils n'ont jamais envisagé la possibilité que l'on découvre le corps aussi rapidement. C'est fou ce qu'ils ont joué de malchance. Il y avait quelle probabilité qu'un gamin vienne déposer son jeu truc-machin-chose à cet endroit ? Et puis maintenant, avec ce cadavre ils ne pourront même pas revendiquer la paternité de la découverte, c'est donc qu'ils sont venus chercher autre chose que ce sarcophage dans ce lieu.

— C'est quoi le mobile alors ? Si c'est pas la revendication du site ? s'interrogea Jean-Claude. L'argent ? Des reliques précieuses volées à l'intérieur ? C'est souvent l'origine de la majorité des homicides.

— Quel argent ? Tu penses qu'il y avait un trésor caché là-dessous et que le ou les criminels ont tout vidé avant notre arrivée ?

— C'est toi qui l'as dit Pierre, on n'en est qu'au stade des suppositions, j'émets simplement des hypothèses, souligna-t-il en haussant les épaules.

— Oui, c'est vrai, tu as sans doute raison, mais je ne vois pas pour quelle autre raison on aurait pu tuer ce type et laisser son cadavre ainsi à la vue de tous. Pourquoi ne pas l'avoir caché à l'intérieur, avant de refermer le tout, et ni vu ni connu... je t'embrouille ? Il aurait pu s'écouler à nouveau dix siècles avant que quelqu'un ne pénètre dans cette chapelle dissimulée sous terre depuis... le XIIe siècle, tu l'as entendu comme moi !

— Le professeur et ses enfants ? proposa l'adjoint. Peut-être sont-ils arrivés au moment de l'homicide et, paniqué, l'assassin aura préféré prendre la tangente, sans demander son reste...

— J'y ai déjà songé, tu penses bien. Et c'est une théorie qu'il faut bien envisager. Quoi qu'il en soit, l'aide de ces spécialistes pourrait faire pencher la balance en notre faveur. J'ai l'intuition qu'avec ces écrits, ils détiennent une partie de la solution de l'énigme.

Jean-Claude esquissa un sourire gêné et reprit :

— Et le premier cadavre découvert par l'enseignant ? rappela-t-il, se souvenant que dans cette affaire, des cadavres, il y en avait au moins deux, et sans doute même un troisième dans le tombeau.

— Il a été rapatrié à la morgue. Nos spécialistes vont devoir l'inspecter sous toutes les coutures. Il faut prendre notre mal en patience, annonça Bourguignon, la tête basse.

— C'est peut-être lui qui a fait le lien entre la tombe et les pilleurs.

— Tu veux dire qu'ils ont d'abord cherché le squelette pour débusquer l'entrée du tumulus ?

— J'avoue, j'en sais rien. C'est également une piste à ne pas négliger. On en saura peut-être plus lorsqu'on connaîtra l'identité de ce dernier. Si c'est possible. J'imagine qu'il est là lui aussi depuis un certain temps…

— Alors on fait quoi ? On les laisse bosser et on va se prendre un café en attendant ?

— Y'a du café ?

— Oui, Mourad a préparé un thermos pour l'équipe du matin qui a effectué les travaux préparatoires. Avec un peu de chance, il en reste quelques gouttes. Par contre, je ne te garantis pas qu'il sera chaud !

À cet instant, le téléphone vibra dans la poche de Bourguignon. «Le Proc'», confirma-t-il à son adjoint avant de décrocher, tout en s'éloignant.

— Oui, monsieur, très bien monsieur. Je comprends parfaitement. Je fais le nécessaire. C'est entendu. À très vite.

Il raccrocha.

— On doit laisser une équipe sur place en permanence pour surveiller le site et il va falloir l'aménager pour le sécuriser et en restreindre l'accès. Aucun civil ne doit plus pénétrer dans la zone sans autorisation, ordre du procureur. Tu vas voir que bientôt toute cette histoire va remonter jusqu'à Paris ! souffla Bourguignon.

— Assez logique en somme ! lança Tessier, qui se souvenait avec une certaine humilité que moins de vingt-quatre heures plus tôt, ils avaient négligemment laissé le macchabée et le site sans surveillance une grande partie de la nuit avant l'arrivée, vers six heures du matin, de la première équipe de leur unité.

Ce faisant, les deux gradés rejoignirent le bivouac installé à proximité. Bourguignon devrait choisir quels membres de son équipe il allait devoir sacrifier pour surveiller la zone. À moins qu'il ne parvienne à faire rapatrier une tente de l'armée et pourquoi pas même, demander l'aide de ces derniers pour la surveillance des lieux. Le colonel n'y verrait sans doute rien à redire. Après tout, entre services, c'était bien la moindre des choses de s'entraider.

Pour l'heure et avant de connaître le résultat des investigations des deux spécialistes, Bourguignon rongeait son frein. Il remit à plus tard son appel au colonel.

Juste à cet instant, quelques centaines de mètres au-dessus d'eux, deux *Rafale* de l'armée passèrent le mur du son. Pendant une poignée de secondes, au milieu de cette forêt de pins et de chênes centenaires, sur ce trait de côte qui avait symbolisé le mur de l'Atlantique avec ses blockhaus, ses U-Boat, et ses célèbres Stukas constituant une défense aérienne de premier plan, Bourguignon s'imagina revenu le 30 avril 1945. En entendant ce bruit sourd et détonnant, il crut assister au débarquement allié, pendant l'opération Jupiter, débutée sur Oléron à deux heures du matin. Il avait lu le rapport des événements sur internet et connaissait chaque détail de cette manœuvre. Quand Tessier lui passa une tasse de café sous le nez, Pierre, qui par ailleurs était féru d'histoire contemporaine, recouvra ses esprits. Le café était immonde, mais il rasséréna l'officier. Il pensait que si la journée précédente avait été chaude et ensoleillée, ce printemps n'était pas prêt de capituler pour céder sa place à l'été. Les matinées étaient encore fraîches et le ciel, chargé de cumulus sombres, annonçait une pluie imminente.

Chapitre 5

Deux heures s'étaient écoulées depuis que les gendarmes avaient laissé les spécialistes œuvrer à l'intérieur de la chapelle romane. À l'extérieur, Bourguignon et Tessier s'étaient installés confortablement sur des chaises de camping. Une averse drue, mais brève s'était abattue sur le campement, avant que le vent ne balaye les nuages maculant le ciel. Maintenant, le soleil brillait et réchauffait les corps transis.

Durant ce laps de temps, le téléphone avait sonné deux fois. Le premier appel était celui du médecin légiste. Le cadavre à la morgue avait été identifié grâce à ses empreintes digitales. Il s'agissait d'un certain Yves Desplanques. L'homme était sans emploi. Un cas social qui vivait de petits boulots sur l'île, tantôt comme maçon, tantôt comme cueilleurs de fruits et légumes chez les maraîchers du coin. Le type bossait six mois de l'année au SMIC et vivotait de travaux au « black » le reste du temps. Une petite frappe, à peine connue des services de gendarmerie pour des infractions au Code de la route, plus une ou deux bagarres à la sortie des bars à La Cotinière.

Déjà, les deux officiers se demandaient ce qui avait bien pu conduire un tel individu sur les lieux. Il n'avait pas le profil des pilleurs de tombe qu'ils s'étaient mis en tête de débusquer. Mais il ne fallait pas abandonner cette piste. Une enquête de voisinage permettrait sans doute d'y voir plus clair et d'en apprendre davantage sur le personnage, ses habitudes, ses hobbies. Sans enfant ni femme connue de l'administration fiscale, il habitait une maisonnette héritée d'un lointain oncle Pancho, parti en Amérique du Sud, tenter sa chance comme orpailleur en Guyane.

Bourguignon avait mis Valentin, son meilleur homme, sur le coup, afin de lister les contacts proches de la victime, qui pourraient les renseigner à son sujet. Pierre savait qu'il aurait cette liste le soir même sur son bureau. Le lendemain, il prendrait la route pour aller à leur rencontre.

Concernant le squelette trouvé initialement par la famille Guérin, le médecin lui avait précisé qu'il s'agissait sans doute d'un allemand, et que ce cadavre remontait probablement à la Seconde Guerre mondiale. Pour le moment, il n'avait pas encore pu déterminer les conditions du décès, mais c'était a priori une question d'heures avant qu'il ne le détermine formellement.

Quant au second coup de fil, il s'agissait du procureur de la République qui s'impatientait et demandait ce qu'il devait annoncer au préfet à propos de la découverte du tombeau.

Comme il n'avait aucun élément nouveau à lui fournir, il avait laissé sonner sans répondre et avait seulement pris la peine d'écouter son répondeur.

Voyant que l'affaire traînait et parce qu'il n'avait pas grand-chose d'autre à faire, il se décida enfin à appeler le colonel qu'il connaissait et qui officiait dans l'armée de l'air à Rochefort. L'entretien fut âpre, mais Bourguignon arracha finalement ce qu'il souhaitait : deux jeunes recrues par cycle de huit heures, ce qui mobiliserait donc six soldats par jour pendant au minimum deux semaines, le temps de mettre en sécurité ce qui devait l'être et de résoudre l'enquête. Passé ce délai, le colonel lui avait signifié qu'il devrait s'adresser plus haut dans la hiérarchie, s'il s'avérait nécessaire de poursuivre la surveillance des lieux. Il le faisait de bonne grâce, parce que Bourguignon était un officier qu'il estimait, et qu'en vingt ans de carrière, c'était la première fois qu'il lui demandait un service. Toutefois, le capitaine savait qu'un jour prochain, il devrait certainement lui renvoyer l'ascenseur. La moindre des choses pensa-t-il, tout en se félicitant de pouvoir conserver son effectif au complet pour l'enquête, sans compter toutes les autres interventions du quotidien. C'était simple, sans l'aide des militaires, à part faire une demande de renforts auprès de sa hiérarchie et attendre dix jours que quelqu'un daigne se manifester, les gendarmes de Saint-Pierre auraient dû fermer boutique pour se concentrer uniquement sur cette affaire de meurtre.

Maintenant, il se demandait ce que pouvaient bien boutiquer les deux acolytes dans la chapelle souterraine.

Déjà, il entendait la mini-pelle réquisitionnée pour les besoins de l'enquête, arriver au loin sur le chemin sablonneux. Il entrevoyait parfaitement comment l'engin allait saccager une partie de la forêt pour arriver jusqu'à eux. Une déclaration immédiate à la mairie et à la direction régionale des affaires culturelles, service régional de l'archéologie, avait été diligentée. Une armée d'archéologues et de chercheurs munis de pinceaux et autres petites truelles investirait les lieux d'ici peu. Les fouilles minutieuses du site allaient sans doute durer des années. Pour l'instant, le but de la manœuvre était simple, il s'agissait d'excaver la chapelle en enlevant le mélange de sable et de terre qui en obstruait l'accès, afin de permettre aux hommes de travailler plus sereinement et de mettre littéralement au jour, ce nouveau site archéologique.

Il fallait procéder rapidement. « Pas question de laisser ce lieu accessible à n'importe quel énergumène », avait aboyé le procureur. Il fallait créer autour de la chapelle une zone tranquille de plusieurs dizaines de mètres et ensuite grillager le périmètre avec soin pour en interdire l'accès à d'éventuels visiteurs du dimanche, une fois que plus aucun militaire ne serait présent sur les lieux.

Lorsque Bourguignon s'engouffra à nouveau dans le tunnel, la machine résonnait déjà d'un bruit sourd et inquiétant à l'extérieur. L'officier avait décidé d'entrer pour avertir ses collègues de la *Scientifique* des travaux qui avaient été ordonnés pour sécuriser le site, et surtout parce qu'il lui fallait des réponses à formuler à son référent, le procureur de La Rochelle, Martial Cardamone.

Lorsque ses yeux s'habituèrent enfin à l'obscurité de la chapelle, il découvrit les deux spécialistes studieux, les yeux fascinés, presque exorbités. Il se dégageait de tout leur être une excitation palpable. D'ailleurs, ces derniers ne se rendirent même pas compte de son retour. Lorsqu'enfin le professeur d'histoire releva la tête dans sa direction, il lui déclara sur un ton espiègle :

— S'il s'agit bien là de ce que l'on croit, alors cette découverte est l'une des plus retentissantes de ce siècle !

Les mots chantaient dans sa bouche, comme ceux d'un enfant qui aurait eu exactement le cadeau de Noël dont il avait toujours rêvé.

— Il dit vrai, confirma Martine Dubois, un grand sourire aux lèvres. Il va certainement falloir faire confirmer notre hypothèse par des spécialistes de cette reine, mais sincèrement, c'est tout simplement incroyable… presque irréel. Cette découverte va à l'encontre de tout ce qu'on pouvait croire ou penser savoir sur elle.

— Oui, acquiesça Joël Raynal, on m'a toujours dit qu'a priori, elle n'avait jamais joué un grand rôle sur Oléron, mais ce qu'on a sous les yeux prouve exactement le contraire. Elle est peut-être enterrée ici depuis sa mort le 1er avril 1204, et il ne s'agit pas d'un poisson…

— Excusez-moi, les coupa Bourguignon, mais de qui êtes-vous en train de parler ? De quelle reine s'agit-il ?

— Mais d'Aliénor d'Aquitaine pardi ! De quelle autre souveraine voudriez-vous qu'il s'agisse ? C'est l'une des plus grandes dames de ce siècle qu'elle a traversé telle une météorite et illuminé de sa prestance, de sa grandeur. Rendez-vous compte, reine de France à quinze ans, elle est ensuite répudiée par son mari pour une sombre histoire de parenté. Elle divorce, puis en 1152, elle épouse Henri Plantagenêt, alors duc de Normandie avant de devenir reine d'Angleterre. Cette femme a connu un destin hors norme. Elle a engendré la plupart des régnants de l'époque et des suivantes. Nous aurons l'occasion d'en reparler si cela peut vous aider dans le cadre de votre enquête, jubila le professeur d'histoire, se rendant compte qu'il s'était emballé dans ses explications.

— Aliénor d'Aquitaine, rien que ça !

— Bah oui. Jusque-là, les historiens présumaient qu'elle était inhumée en Anjou, dans l'abbaye bénédictine Notre Dame de Fontevraud. Cependant, à la Révolution française, son tombeau aurait été profané, ses ossements éparpillés. Et à ce jour, on ignore ce qu'il est advenu de sa dépouille. Ceci étant, cette découverte pourrait corroborer plusieurs théories, liées justement à ces aléas de l'Histoire.

— Attendez, vous voulez dire qu'à ce jour personne ne sait réellement où se situent les reliques de la reine ?

— Disons que, sorti de son contexte funéraire, il est difficile de distinguer parmi des cadavres de femmes de la haute société du XIIIe siècle, celui qui pourrait appartenir à la véritable Aliénor d'Aquitaine. Qu'est-ce qui pourrait distinguer son cadavre de celui d'une femme de haut rang ayant vécu toute sa vie à sa cour ? Bien sûr on peut creuser la question en analysant ses os pour, par exemple, déterminer la base de son régime alimentaire, ou encore étudier la correspondance d'éventuelles blessures ou caractéristiques physiques connues de la Reine. Quant à ces reliques ici présentes, on pourra nous opposer que ce n'est pas parce que c'est écrit sur ce tombeau qu'il s'agit véritablement d'Aliénor d'Aquitaine...

— C'est pas faux, acquiesça Bourguignon. Mais poursuivez votre analyse, cher professeur.

Joël Raynal se renfrogna, puis sembla recouvrer ses esprits et le cours de son exposé :

— Par contre, le gisant d'Aliénor, lui, se trouve encore à ce jour en l'abbaye de Fontevraud. Il faut expliquer que Jean Sans Terre, le frère et successeur du Cœur de Lion est à l'époque incapable de maintenir son emprise sur les provinces héritées de ses aïeux. Face à la reconquête de ces terres par Philippe Auguste, l'empire Plantagenêt doit se replier sur l'Angleterre. De ce que l'on sait, la dépouille d'Isabelle d'Angoulême, épouse de Jean Sans Terre, est inhumée dans la nécropole familiale et royale en 1249. Et aujourd'hui, seuls les gisants d'Aliénor, d'Henri II, de Richard Cœur de Lion et d'Isabelle d'Angoulême sont exposés dans l'église abbatiale. Mais qui dit gisant, ne dit pas tombe, ni encore moins dépouille !

— Il a raison, confirma Martine Dubois, il est donc tout à fait plausible que nous ayons sous les yeux le dernier lieu où repose Aliénor d'Aquitaine. De nombreuses légendes entourent la vie de la Reine, dont une lui prêtant une liaison, autour de 1158. Il semble que durant plusieurs mois, elle ait disparu des "écrans radars" laissant le Royaume orphelin. En tout cas, il est difficile de trouver des traces de sa présence ou de représentations officielles pendant de longs mois. D'ailleurs, il s'écoule trois ans entre la naissance de son fils Geoffroy, le 23 septembre 1158 et celle de sa fille Aliénor, en septembre 1161. Alors même qu'elle avait donné naissance à un héritier par an, voilà que durant trois années, le cycle des naissances est brisé. Curieux, non ? Plus qu'une liaison en fait, la légende lui prête une véritable histoire d'amour avec un homme de petite condition, un paysan, mais qu'elle aimât tant qu'il se dit également qu'il lui souffla à l'oreille une partie des articles à l'origine des Rôles d'Oléron.

— Les Rôles d'Oléron, rebondit Jean-Claude, de quoi s'agit-il ?

À la surprise générale, c'est Pierre Bourguignon qui s'empara de la parole pour lui répondre :

— C'est un recueil de droits maritimes, le premier code nautique de l'histoire de la navigation, qui s'est rapidement appliqué sur toutes les côtes de l'Océan Atlantique, y compris celles de l'Angleterre.

— C'est exact, on dit qu'un jour où la reine contemplait la mer, elle fut choquée par l'attitude barbare des habitants qui pillaient un navire naufragé sur la côte d'Oléron. C'était alors le droit d'aubaine qui primait. Et au lieu de porter secours aux survivants, les habitants de l'île les achevaient pour mettre la main sur les cargaisons. Des fortunes de mer, comme on les appelle, qui ont fait la richesse de certaines familles à Oléron, compléta l'historien.

La belle Martine faisait les cent pas dans la pièce. À ce moment, elle s'avança vers la table et assura la suite des explications en soutien de son collègue :

— Oui, les Rôles d'Oléron ont été publiés en

1160, si je ne dis pas de bêtises.

— Ça pourrait effectivement coller, confirma Joël.

Martine haussa les épaules et précisa que le but actuel était déjà d'esquisser les contours de cette histoire et d'en comprendre les grandes lignes. Elle reprit alors ses précisions sur la reine :

— À l'époque, Oléron est sous bannière anglaise. Le vin et le sel sont les principales ressources échangées entre les deux provinces du royaume. Bordeaux, mais aussi La Rochelle sont d'importantes plaques tournantes de ce commerce. Les premières règles contenues dans les Rôles ont certainement vu le jour vers 1160[11]. Pas moins de vingt-quatre articles les composent. Ils réglementent les conditions de navigation de la nef et le transport des marchandises vers le nord de l'Europe. Ils définissent surtout les normes de la vie de l'équipage à bord et les droits des marins embarqués. Les historiens ont coutume de dire qu'il s'agit là du premier traité de sécurité sociale du marin. Y sont définis les droits d'indemnisation des matelots en cas de maladie, d'attaque, de naufrage... Bref, tout ce qui concerne la vie sur le navire et sa mission : mener à

---

11. Vers 1160, Aliénor d'Aquitaine se serait rendue sur l'île d'Oléron à des fins de justice, les pilleurs d'épaves s'y multipliant. Elle y aurait promulgué un recueil de jurisprudence, codifié, afin de réglementer le commerce maritime. Ce premier code maritime connaît un grand succès. Il est progressivement enrichi : de 24 articles à la fin du XIIe siècle, il passe à 38 quelques décennies plus tard.

bon port les marchandises. Ce qui implique la nourriture du marin, les médicaments et les soins qui lui sont prodigués en cas de maladie, et même l'octroi d'une femme pour veiller à son bon rétablissement.

— OK, c'est intéressant tout ça, mais pour ce qui est de notre enquête ? Vous avez terminé vos recherches dans le tombeau ? interrogea Bourguignon, submergé par l'accumulation des données historiques.

— Non, il reste des textes à déchiffrer dans le détail. L'interprétation pose parfois souci, il serait préférable de faire appel à d'autres linguistes pour confirmer nos hypothèses. Nous pourrions réaliser des reproductions des textes inscrits sur le gisant ainsi que sur les parois du tombeau à fin d'étude chez des confrères.

Pour l'instant, le geste de négation de Bourguignon lui indiqua que ces documents ne quitteraient pas les lieux et qu'ils seraient les seuls autorisés à les consulter.

— Comme vous pouvez le constater, nous avons également procédé à l'examen de la sépulture et nous pouvons confirmer que le tombeau a bien été ouvert récemment. Étrangement, les deux tablettes en marbre présentes aux côtés de la reine n'ont pas été emportées par les visiteurs de ces derniers jours. Trop lourdes sans doute. Ils ont certainement réalisé une photographie, pour éviter de s'en encombrer !

Joël compléta :

— Considérant leur poids – environ soixante kilos chacune – je confirme qu'effectivement les voleurs n'allaient certainement pas se charger inutilement de tels objets. Munis d'une bonne lampe et d'un appareil photo ou d'un portable, je crois que ça pouvait bien faire l'affaire. Ce qui veut dire que nos pilleurs ont maintenant une longueur d'avance sur nous. Ennuyeux…

— Pourquoi ennuyeux ? demanda Bourguignon, curieux.

— Parce que si l'on en croit ce qui est inscrit sur les tablettes, poursuivit Martine, elles contiennent tout simplement une sorte de jeu de piste menant à un trésor. Ici décrit comme *Toti regni divitiis aequale est*, soit : *l'équivalent des richesses de tout un royaume*. Quelque chose de colossal ou en tout cas d'une valeur considérable. Nous avons beaucoup à vous raconter à ce sujet, suite à notre analyse des textes sur ces pierres, mais peut-être devrions-nous nous installer dans un lieu plus propice à la réflexion et à l'analyse ?

— Parfaitement, vous avez raison. Ici, ça va devenir rapidement un vrai chantier, confirma Bourguignon en rapportant les ordres formulés par le procureur. Les bruits que vous entendez dehors, c'est une mini-pelle venue pour dégager les lieux afin de nous en faciliter l'accès et la protection. Mais nous pouvons rallier nos bureaux à Saint-

Pierre, proposa le capitaine.

Tous quittèrent bientôt la sépulture de la grande reine Aliénor, des étoiles au fond des yeux.

Bourguignon ordonna aussitôt à ses hommes de se rendre à Marennes pour récupérer le scanner à main de la brigade, et s'assurer ainsi d'obtenir la meilleure copie possible des inscriptions. Ses équipiers et lui empruntèrent le chemin du retour et quelle ne fut pas leur surprise en arrivant à proximité des véhicules de gendarmerie stationnés sur la route ! Bourguignon ne tarda pas à apercevoir se dessiner face à lui, des traits sévères qu'il connaissait bien pour les avoir déjà pratiqués à plusieurs reprises : ceux du procureur de la République.

En effet, Martial Cardamone s'était déplacé en personne pour assister aux fouilles et prendre des renseignements afin de communiquer au mieux, dans l'intérêt du ministère public, l'avancée des recherches dans la chapelle romane découverte en pleine forêt. Bourguignon comprit qu'en lui apprenant les dernières découvertes sur le fameux tombeau, il ne tarderait pas à voir rappliquer sur place du beau monde, des pontes en archéologie, des hommes politiques de tout bord, voire même la Ministre de la Culture en chair et en os, tant la découverte s'annonçait majeure.

Sitôt son rapport effectué et après les félicitations de rigueur, le représentant du ministère public s'éloigna, le téléphone déjà rivé à son oreille. À l'autre bout du fil, rien de moins que le cabinet de la Présidence de Région.

Le cadavre à l'entrée du site passait déjà au second plan, tout comme les ossements datant de la Seconde Guerre mondiale sur lesquels était tombée la famille Guérin, il faudrait sans doute attendre la fin de l'enquête pour les authentifier précisément. Pour l'heure, l'histoire de cette chasse au trésor n'était qu'une contingence qui ne devait pas occulter leur véritable souci, démasquer l'assassin.

L'enquête pour meurtre qui occupait les gendarmes n'était pas ce qui intéressait au premier chef les politiques et les élus. La présence du tombeau d'Aliénor et la perspective de cette découverte historique sur Oléron, étaient bien plus motivantes à leurs yeux. Aussi les médias ne tarderaient-ils pas à s'emparer de cette information et à la relayer sur leurs différents supports. C'était une question d'heures maintenant. Impossible de retarder la diffusion au grand public. Tout ceci allait fortement contrarier les plans des gendarmes, en leur ôtant l'avantage de la surprise sur leurs adversaires. Il allait falloir procéder vite, car à l'avenir ces derniers allaient redoubler de vigilance.

Chapitre 6

Après une journée passée dans la moiteur de la forêt ou à respirer les odeurs de renfermé de la chapelle souterraine condamnée depuis une éternité, se retrouver dans la gendarmerie de Saint-Pierre relevait presque d'une bénédiction.

Pour que l'équipe d'hommes en bleu apprécie ce havre de paix à sa juste valeur, il fallait nonobstant faire preuve d'une grande capacité d'abstraction. En effet, les bureaux de la gendarmerie étaient situés au bord de la route nationale 734, juste au-dessus des feux tricolores les plus mal pensés du pays. Quant au panorama, la vue sur les stocks d'invendus de camping-cars s'avérait bien moins douce et romantique que celle qu'on pouvait avoir n'importe où ailleurs sur le littoral environnant. Bien entendu, l'emplacement n'avait pas été choisi pour être beau, mais bien pour être fonctionnel. Central surtout. Depuis Saint-Pierre, les gendarmes pouvaient rayonner rapidement vers toutes les extrémités de l'île, et ce en moins de vingt minutes.

Jean-Claude Tessier, Martine Dubois et Joël Raynal étaient maintenant réunis autour du bureau du capitaine. Après avoir servi des cafés dont il avait le secret et échangé quelques banalités sur leur métier respectif, Bourguignon, embarrassé, sentait bien qu'il lui faudrait trouver un lieu de réunion mieux adapté. Tournant plusieurs fois autour de son fauteuil, le capitaine semblait envisager plusieurs scénarios dans sa tête. Finalement, il se lança :

— Bien, comme vous le voyez, les locaux fournis par notre administration n'offrent guère un cadre propice à la réflexion ni à l'étude. Pas même une salle de réunion digne de ce nom ! Au pire, on pourrait reconvertir l'une des salles d'interrogatoire pour libérer un espace de travail, mais il m'est venu une idée qui pourrait contenter tout le monde. Nous allons demander à la médiathèque municipale de nous mettre provisoirement à disposition l'une de leurs salles. Ainsi, le temps de l'enquête, nous pourrons y conserver en sécurité les documents nécessaires à son instruction et travailler dans des conditions optimales.

Sans même attendre la réaction positive ou négative de ses collègues, Pierre s'empara du combiné et composa un numéro. Lorsqu'il put enfin s'adresser à quelqu'un, il demanda à parler au maire. Après avoir exposé sa requête, il sembla avoir obtenu gain de cause, puisqu'un grand sourire s'imprima sur son visage. L'équipe s'en félicita et Jean-Claude proposa de les y conduire sans attendre.

Alors que ces derniers quittaient le bureau, Pierre Bourguignon demandait déjà par téléphone à l'un de ses adjoints de bien vouloir lui adresser par mail les reproductions des écritures scannées dans le tombeau funéraire. Il ajouta un de leurs ordinateurs portables à la liste de matériel dont ils auraient besoin afin de pouvoir visionner l'ensemble des clichés pris sur place.

Il fallait se mettre au travail sans délai et déchiffrer ces écritures afin de rattraper le retard pris sur les pilleurs. En suivant la même piste qu'eux, ils comptaient ainsi les devancer dans le décryptage des indices et dans la résolution des énigmes décrites sur les tablettes en marbre. Le but, étant bien évidemment de leur mettre la main dessus, le plus rapidement possible.

Pendant ce temps, Bourguignon s'occuperait de l'affaire « Yves Desplanques » en espérant que celle-ci lui offrirait d'autres pistes à explorer pour retrouver le ou les assassins.

Au bas de l'immeuble, suivi de près par les deux spécialistes en forensique, Jean-Claude proposa une courte marche afin de rejoindre les nouveaux bâtiments de la médiathèque municipale à environ huit cents mètres. La Maison de la Culture, dont la construction remontait à quelques années, était un édifice encore flambant neuf. Implanté au cœur de la ville, il était positionné au milieu d'un triptyque intéressant. À proximité du Collège *Pertuis d'Antioche*, ce lieu de culture populaire était proche du marché de Saint-Pierre, une institution dans la capitale de l'île, et situé à quelques pas seulement du centre bourg, de son église au clocher octogonal remarquable, sans oublier sa mystérieuse Lanterne des morts, édifiée autrefois au milieu de l'ancien cimetière.

Malgré lui et parce qu'il fallait bien trouver quelques mots à placer pour rompre le silence pesant qui accompagnait la petite troupe depuis les locaux de la gendarmerie, Jean-Claude engagea la conversation :

— Loin de moi l'idée de me montrer insensible à la culture, mais je suis un peu surpris que l'on consacre autant d'argent et de personnel à la culture, quand au même moment nous manquons cruellement d'assesseurs et d'agents pour diligenter nos enquêtes. Quant à la justice, n'en parlons pas ! Elle est exsangue et s'attache à relâcher le moindre justiciable que nous lui adressons. En même temps, les prisons sont pleines, alors que voulez-vous…

Face au sourire de façade de Joël et de Martine, Tessier s'excusa d'avoir exprimé un avis personnel, mais décida tout de même de s'enfoncer un peu plus :

— Je ne veux pas que vous vous mépreniez, je suis bien conscient qu'il faudrait plus de lieux culturels pour justement éviter de mettre tous ces criminels en face de nous, mais la vérité, c'est qu'il est bien difficile d'animer ces lieux quoi que l'on fasse.

— Qu'est-ce que vous voulez dire ? demanda Martine, dont le charme semblait opérer sur le major, à tel point qu'il ne parvenait toujours pas à la regarder droit dans les yeux, chaque fois qu'elle lui adressait la parole.

— Eh bien, je déplore qu'il y ait aussi peu de public à fréquenter cette médiathèque au regard des moyens injectés par la municipalité pour donner accès à tous à la culture ! Il faut bien reconnaître que ce sont toujours les mêmes visages que l'on croise lors des nombreuses animations proposées par la médiathèque. Force est de constater que ce n'est pas simple de faire se déplacer les gens.

— Ainsi va notre société, malheureusement, fit remarquer Joël. Et vous savez, c'est pas mieux dans les autres lieux de vie. Les bars par exemple, si vous enlevez les habitués, c'est pas avec les gens de passage ou les habitants du village qu'ils peuvent payer leurs charges à la fin du mois.

— Oui, confirma Martine, à part les cafés des stations balnéaires, avec vue sur la mer, qui tirent leur épingle du jeu, pour les autres c'est plus compliqué. Je ne crois pas trop me tromper en disant que neuf bars sur dix ont fermé en un siècle. Et quand je vais voir ma famille au Portugal, je suis vraiment étonnée de constater que les villageois continuent de s'y réunir. Le week-end en particulier, ils viennent en famille, à la fin de matinée, jouent à des jeux, aux cartes, y mangent le midi, discutent, ou partagent simplement des moments de vie. Mais chez nous, le lien social a quasiment disparu. Les gens ne se retrouvent plus dans l'espace public pour échanger. Avec la télévision, les chaînes payantes, les séries *Netflix* et autres *Amazon Prime*, nos concitoyens peuvent vivre en quasi autarcie. C'est un peu triste, mais ainsi va notre société contemporaine. Nous vivons confinés une bonne partie de notre temps, sans même que l'on nous y oblige !

— C'est exactement cela, compléta Joël, l'esprit de camaraderie se fait de plus en plus rare. Il y a un profond malaise au sein de nos sociétés modernes. On se lève, on travaille, on dîne et on se couche chaque soir après avoir subi les mêmes journées, stressantes et fatigantes. Puis durant quelques jours ou quelques semaines pour les plus chanceux, on s'évade en vacances et on essaye de tout oublier, avant de finalement reprendre notre train-train quotidien, comme si de rien n'était.

— Eh bien moi, ajouta Tessier, je n'oublie rien, puisque nous en sommes aux confidences ! Au bout de quelques jours, quand j'ai rattrapé mon retard de sommeil et recouvré un peu mes esprits, je panique, parce que je n'ai plus envie d'y retourner. Je gamberge. Dans ces moments-là, il m'arrive même de jouer au Loto, en imaginant que gagner changera quelque chose à mon existence. J'aspire à quitter ce mode de vie qui nous fait crever bien plus sûrement que tous les alcools ou les tranquillisants que nous ingérons pour faire passer la pilule.

— Eh bien dites donc, s'étonna Martine, vous êtes de joyeux lurons, tous les deux. J'ai l'impression que vous allez pouvoir refaire le monde ce soir au bar du Commerce.

— Désolé, répondit Jean-Claude en lui lançant un sourire narquois. Vous avez raison, je devrais plutôt vous inviter à dîner. Peut-être que ça me changerait les idées. Et puis, je pourrais ainsi vous faire découvrir un lieu un peu plus typique d'Oléron, tenta-t-il crânement.

Joël les regarda d'un air gêné, ne sachant pas si l'invitation valait pour les deux ou seulement pour Martine. Pour ne pas paraître impoli, Tessier crut bon d'ajouter à l'attention de ce dernier :

— Vous pouvez vous joindre à nous, bien entendu.

Ce à quoi l'autre répondit, avec politesse :

— Merci pour l'invitation, mais je crois que je vais rentrer directement à mon hôtel, on m'a réveillé tôt ce matin, très tôt même. Et dans ces conditions, je préfère m'abstenir.

— Je crois que je vais passer mon tour moi aussi, rebondit l'officière ès forensique. Comme vient de le souligner Joël, on nous a réveillés quasiment en pleine nuit, pour nous faire arriver sur l'île aux aurores. Je crois qu'il serait plus sage de remettre cette invitation à plus tard. Mais c'est vraiment gentil de votre part.

— Je comprends, assura Tessier. Je voulais juste bien faire. Vous avez raison, il n'y a pas urgence. On peut se prévoir ça un autre jour...

— On trouvera, rassurez-vous. C'est généreux de votre part de vouloir nous faire découvrir votre île. Comme vous dites, ce n'est que partie remise…

Arrivé face à la médiathèque, Tessier ouvrit la grande porte vitrée et tous trois pénétrèrent dans le vaste hall d'entrée décoré de tableaux signés par des artistes locaux. Ils se présentèrent à l'une des bibliothécaires, puis c'est le responsable en personne, monsieur Lecatalan, qui vint les accueillir. Il les conduisit vers l'arrière du bâtiment dans une grande salle surchauffée et lumineuse qui donnait sur une rue peu passante, et offrait une vue imprenable sur le clocher de l'église.

À peine dix minutes plus tard, le personnel de la gendarmerie leur portait l'ensemble du matériel et des documents dont ils allaient avoir besoin pour débuter le travail d'analyse.

Après avoir échangé avec le responsable sur la raison de leur venue, et tout en restant évasif sur les détails de l'affaire criminelle qui les amenait, Tessier lui demanda de lui tenir à disposition les éventuels ouvrages de référence concernant Aliénor d'Aquitaine. Monsieur Lecatalan acquiesça et revint une dizaine de minutes plus tard, les bras chargés d'encyclopédies et de livres. Tessier pouffa malgré lui devant l'ampleur des lectures, ce à quoi le directeur répondit :

— Rassurez-vous, tout ici n'est pas à lire. Il faut simplement chercher en fonction des entrées dont vous aurez l'utilité, fit-il un sourire en coin.

La porte se referma sur l'équipe scientifique, signifiant ainsi la fin de l'intermède. Retour aux choses sérieuses. Déchiffrer les écrits, puis réunir les informations conduisant à d'autres indices. La chasse au trésor débutait. Mais combien de pistes allaient-ils devoir suivre ? Est-ce que cette énigme proposée les conduirait directement au but ou bien les indices renverraient-ils vers d'autres indices et ainsi de suite, sans fin, comme dans certaines séries télévisées interminables ?

— Bon, qu'est-ce que l'on a sur cette tablette en marbre ? annonça Joël, prêt à opérer.

Il orienta une lampe flexible juste au-dessus des reproductions imprimées en couleur et en grand format, qu'il scruta avec attention. Au bout de quelques instants, des phrases en latin sortirent de sa bouche : *Fortis anima, in Uliaro thesaurum majorem jacere sci*, ce qu'il traduisit à voix haute par : « Cœur vaillant, sache qu'en Oléron repose un trésor plus vaste que l'océan », *Ejus magna Eleonora curator est*, « La grande Éléonore en est la gardienne », *In Medardi monasterio Aquitaniae regni gladius defensor ja-*

cet, « C'est en prieuré Saint-Médard que repose le glaive défenseur du royaume d'Aquitaine. », *Hic clavis quæ inducit in divitias olim publicatas jacet per saecula* ; « La clef conduisant aux richesses autrefois confisquées y repose pour les siècles des siècles. »

— Voilà pour la partie qui concerne ce que nous pensons être une énigme à résoudre. Toutefois il reste d'autres textes à décrypter sur le gisant de la reine, sur la façade des murs, et aussi sur les tablettes annexes. D'après ce que nous en avons déchiffré avec ma consœur, il ne s'agit là que d'éléments biographiques, si j'ose dire, qui viennent conforter l'identité d'Aliénor d'Aquitaine et les réalisations de son règne. Les textes sont abondants. Il va nous falloir du temps pour tout traduire, car depuis les références à ses expéditions au Moyen-Orient, en croisade, où elle accompagna son mari le roi de France, jusqu'aux éléments se rapportant à la mort d'Henri Plantagenêt, le roi d'Angleterre, il y a de la matière à explorer. Avec Martine, nous avons même isolé un texte…

Joël remua les documents face à lui pour en extirper la partie qui l'intéressait et qu'il désigna du bout des doigts au gendarme.

Devant les écritures latines sculptées en relief, ce dernier fit une moue manifeste, qui attestait de son manque d'intérêt pour les langues anciennes.

Joël reprit alors la main et annonça :

— Voilà, ça dit : *Eam ex aquis juvenis rusticus serva-*

vit, cum in Uliaro tempestas cooriebatur, ce qu'il traduisit aussitôt par : « Un jeune paysan la sauva des eaux, alors que la tempête faisait rage en Oléron. »

— D'accord, et ça raconte quoi d'autre ? demanda Tessier, impatient.

— C'est ce que nous allons nous attacher à étudier, mais vous pensez bien que ça va prendre un certain temps. Vous savez, vous pouvez nous laisser... Ce n'est pas pour vous chasser que je dis ça, mais avec Joël nous avons du pain sur la planche. Alors plus on sera au calme et plus vite on avancera.

— Très bien, capitula Tessier. Je fais un tour à la brigade pour mettre en route les recherches sur le fameux *prieuré Saint-Médard* et je repasse vers dix-huit heures pour vous conduire à votre hôtel à La Brée-les-Bains, entendu ?

— Ce sera parfait. Merci encore major, dit Martine sur un ton badin, un sourire accroché aux lèvres, sans pour autant quitter des yeux les écritures sur lesquelles elle était penchée.

Le soleil était revenu sur l'île d'Oléron. Poussés vers le continent par un puissant vent de nord-ouest, les nuages laissaient peu à peu place à un bleu profond, presque marine. Cette vision revigora le gendarme qui, toujours à pied, s'éloigna nonchalamment de la médiathèque, et rejoignit ses locaux, direction la cellule informatique de Valentin.

En effet, si quelqu'un à la brigade était capable

de trouver un lieu sur l'île ou ailleurs, ayant un rapport avec Saint-Médard, c'était bien lui. Le gamin les avait bien aidés lors d'une grosse affaire l'an passé. Il s'agissait d'un marin retrouvé mort, la jambe arrachée par un requin : une histoire peu ordinaire sur l'île. Grâce à la pertinence de ses recherches, les investigations s'étaient portées sur l'Aquarium de La Rochelle. Et bingo ! L'enquête avait été résolue[12] ! Bien sûr, Tessier aurait pu taper lui-même les mots-clefs sur son ordinateur et obtenir les informations désirées, mais la brigade, c'était avant tout une équipe, presque une famille ! Il fallait partager le travail et faire en sorte que chacun se sente pleinement investi et valorisé.

Tessier pénétra dans le bureau de son collègue, le salua et lui exposa la situation du mieux qu'il put en fonction des éléments dont il disposait. Il lui communiqua les axes de recherches tout en prenant place dans un fauteuil à roulettes datant certainement du siècle dernier, plutôt confortable malgré l'âge, et depuis lequel il espérait suivre l'avancée des recherches, le plus paisiblement du monde.

Valentin scruta un instant son supérieur, le toisa, semblant prendre la mesure de son état d'esprit du moment. Rassuré, il vit que son supérieur semblait plutôt de bonne composition. Ce n'était pas tou-

---

12. Voir le précédent tome des aventures de nos gendarmes sur l'île : *Peur bleue sur Oléron, 2019 - Terres de l'Ouest Éditions.*

jours le cas ces derniers temps, notamment depuis le départ de sa femme. Mais là, il paraissait plutôt calme et d'humeur légère.

Alors il lui annonça sans hésiter :

— En fait, chef, je n'ai pas vraiment besoin de mener une recherche poussée sur le prieuré Saint-Médard. J'ai pas envie de vous arnaquer sur le temps que je vais y passer, souligna-t-il.

Devant le signe de la main de son supérieur lui indiquant de poursuivre, Valentin s'exécuta :

— Comme vous le savez, j'habite pas loin de La Perroche et c'est là que se trouve, à ma connaissance, le seul prieuré de l'île consacré à Saint-Médard. Pour ainsi dire, je passe devant tous les jours ! Après, concéda-t-il, tout en tapant les mots-clefs dans un moteur de recherche, il existe d'autres prieurés Saint-Médard sur le continent, par exemple à Celles-sur-Belle ou encore à Saint-Mars-sur-la-Futaie, peina-t-il à articuler devant son écran d'ordinateur, mais ils ne sont pas forcément situés tout près d'ici, poursuivit-il. On cherche un lieu sur l'île ou à votre connaissance ce pourrait être sur le continent ?

— Vous avez sans doute raison, Valentin. Il s'agit certainement de ce prieuré. Écoutez, on ne va pas tourner autour du pot plus longtemps. Comment peut-on le visiter ?

— Attendez, je vous donne quelques éléments glanés sur internet à titre d'informations, ça ne peut pas faire de mal et nous pourrions en avoir besoin une fois sur place. Et d'abord, qu'est-ce qu'il faut chercher là-bas ?

— Eh bien, ça, c'est pas très clair. A priori, on devrait y trouver une sorte de glaive sur lequel des inscriptions révéleraient l'emplacement d'un « trésor » soi-disant fabuleux. Le major relut à voix haute les éléments fournis par ses collègues historiens qu'il avait pris en note sur son calepin : *In Medardi monasterio Aquitaniae regni gladius defensor jacet*, « C'est en prieuré Saint-Médard que repose le glaive défenseur du royaume d'Aquitaine ». *Hic clavis quae inducit in divitias olim publicatas jacet per saecula. Amen* : « La clef conduisant aux richesses autrefois confisquées y repose pour les siècles des siècles. » En l'état actuel de nos recherches, il paraît probable que ce trésor ait quelque chose à voir avec le meurtre de la forêt. Mais si vous voulez mon avis, on va peut-être un peu vite en besogne. Si ça se trouve, tout ceci n'est qu'une farce. Nous, on suit les indices uniquement parce qu'ils sont censés nous mener droit aux criminels, mais je doute que ce trésor existe réellement...

Puis, changeant tout à coup de sujet, il demanda :

— Au fait, on a des nouvelles du légiste ?

— Une réponse après l'autre. S'agissant du squelette retrouvé par la famille en balade, il est dorénavant avéré qu'il s'agissait d'un allemand en poste sur l'île au moment de l'occupation pendant la Seconde Guerre mondiale. Le gars a été assassiné, il a reçu plusieurs coups de couteau ou d'un objet contondant au niveau du ventre, mais c'est un coup unique et précis, porté à la carotide qui lui aura été fatal. Certains os en portent la trace. Les autres coups dans l'abdomen laissent à penser que le tueur devait lui faire face et que la victime est morte dans ses bras. Puis le corps a été enterré ou plutôt ensablé. Depuis lors, les sols ont bougé, la zone se modifiant au gré des vents et des tempêtes. Les dunes se déplacent de plusieurs mètres et leur hauteur varie également d'une année sur l'autre. Raison pour laquelle il était possible qu'un jour ces ossements refassent surface. Quant aux horaires d'ouverture du prieuré, la visite n'est pas autorisée au public. Je vous lis ce que j'ai sous les yeux : *La Perroche ajoute au charme de sa plage et aux activités nautiques qui s'y déroulent celui d'une chapelle romane construite au XIe siècle. La chapelle et ses annexes appartiennent à un propriétaire privé.*

— Le XIe siècle, reprit Tessier, ce qui signifie que la construction existait bel et bien à l'époque de la reine Aliénor. D'ailleurs, et comme j'ai l'impression qu'on va se faire balader sur ce jeu de piste, je vous demanderai de m'identifier tous les sites construits sur Oléron avant le XIIe siècle. Je ne pense pas qu'il y en ait tant que ça, et au moins, on gagnera du temps en les repertoriant.

— À vos ordres ! Je continue ?

— Oui, finissez, mais ne perdons pas de temps...

— *L'édifice a été plusieurs fois restauré à la suite des guerres et de pillages. Seul le portail semble ne pas avoir été remanié.*

— Instructif, non ? Si vous planquez un objet et a fortiori un glaive ou un objet de valeur dans un prieuré et que votre but est qu'il y demeure à jamais caché, dans l'attente qu'une hypothétique personne découvre le tombeau d'Aliénor et se mette en quête de résoudre l'énigme – ce qui je vous le concède fait déjà beaucoup de si – à quel endroit cacheriez-vous ce glaive ? Je vous le donne en mille ! Voici la clef de l'énigme ! lança Tessier.

Le jeune Valentin, acquiesça et poursuivit sans sourciller sa lecture :

— *Cette chapelle perdue au milieu des sables située à La Perroche relevait de l'Abbaye de Sablonceaux. Avant la révolution, cet important prieuré dépendait des chanoines réguliers de Saint-Augustin, une congrégation monastique dite de la Chancelade. L'austérité de cet ordre se retrouve dans la chapelle romane qui est dépourvue de sculptures, pourtant le cloître et l'ensemble, restaurés il y a peu, mériteraient que l'on s'y attarde. Mais devenu propriété privée, le prieuré de La Perroche ne se visite pas. Vous pourrez toutefois admirer de l'extérieur son portail et ses jardins.*

— Bien, alors trouvez-moi le numéro de téléphone du propriétaire. S'il refuse de nous laisser pénétrer dans l'église, nous en informerons notre hiérarchie et demanderons une commission rogatoire au juge d'instruction qui va être saisi de l'affaire sous peu. Et vu comme ils sont excités depuis la découverte du tombeau, je pense qu'en haut lieu, on ne bataillera pas un instant pour nous permettre de faire notre job.

Pendant que Valentin menait ses recherches pour joindre le propriétaire, Tessier s'éloigna pour passer un coup de fil à son chef, et l'informer des dernières avancées.

— Pierre ? Tu es à Saint-Trojan ?

— Je sors juste de la maison des parents d'Yves Desplanques. Avec Georges et Mourad, on a ratissé large et interrogé tout le voisinage, sans grand succès je dois l'avouer. Mais chez ses vieux, j'ai appris pas mal de choses au sujet de notre victime. Je te passe les détails sordides de sa petite vie de *cas soc'* et de ses quatre cents coups de l'embrouille. Le plus intéressant, c'est que le gonze travaillait depuis deux mois comme jardinier chez une famille aisée de la région : Les Mounier-Brégaud. Il s'agit d'une lignée oléronaise implantée ici depuis toujours, enfin depuis aussi loin qu'il est possible de remonter dans leur arbre généalogique. Et vois-tu, ils possèdent beaucoup de terrains sur la commune de Saint-Trojan, et même un peu partout sur l'île.

— OK, la noblesse locale en somme, mais quel rapport avec notre enquête ?

— Quel rapport ? Et si je te disais que le tombeau que nous avons mis à jour est situé sur l'une de leurs propriétés… Pour moi, il ne faisait aucun doute qu'on agissait dans une forêt domaniale sous la responsabilité de l'État. Eh bien perdu ! Je me suis empressé de consulter le site *cadastre.gouv.fr*, ce qui m'a permis de confirmer que cette parcelle de forêt appartient bien à la famille Mounier-Brégaud. Dans les faits, c'est l'État qui gère ce territoire et qui a en charge son entretien. Des accords ont été signés en ce sens. Mais concrètement, et je viens d'en aviser le procureur qui devrait consulter le préfet à ce sujet, la chapelle est située sur une parcelle privée. Et je ne sais pas du tout ce qu'il va se passer avec le propriétaire lorsqu'il sera mis au courant de cette affaire. Le procureur m'a demandé de me rendre chez lui pour justement le tenir informé de la nature archéologique de la découverte faite sur ses terres. Nos juristes se renseignent déjà au sujet de la procédure à suivre afin de préempter le terrain sur lequel est érigée la chapelle.

— Eh bien, on va de surprises en surprises. Si je comprends bien, il va falloir enquêter pour savoir si ce Desplanques était au courant que cette parcelle, sur laquelle il menait des recherches, appartenait à son patron. Aurait-il, bien malgré lui, surpris une conversation qui aurait pu le mettre sur la piste de ce tombeau ?

— Comme tu y vas Jean-Claude ! Conclure ainsi reviendrait à dire que cette famille Mounier-Brégaud connaissait l'existence sur ses terres du fameux tombeau d'Aliénor ! Pour quelle raison dans ce cas-là ne s'en seraient-ils pas approprié la paternité bien avant cela ?

— Et qui vous dit que ce n'est pas le cas ? Le jardinier était peut-être sur place simplement pour donner un coup d'élagage, dit Tessier sur le ton de la plaisanterie. Il faut poser la question aux Mounier-Brégaud, c'est aussi simple que cela.

— Bon, on va stopper les suppositions. Tout ça ne tient pas la route. Il nous faut du tangible et du concret, coupa net Bourguignon.

— Et pourtant, ce jardinier fait le lien entre la découverte, fortuite ou non, de ce tombeau et son propriétaire sur le papier. Il ne peut pas s'agir d'un simple hasard, il faut en convenir ! Enfin, moi, je t'appelle, parce qu'on a trouvé l'endroit où se cache l'indice signalé sur les plaques en marbre du tombeau. Il s'agit du prieuré de La Perroche.

— Décidément, La Perroche, en ce moment toutes nos enquêtes convergent vers ce lieu[13], fit remarquer Bourguignon.

— C'est Valentin qui a tout de suite percuté, il a sa maison pas loin et il m'a fait un rapide topo du site. On doit trouver une espèce de glaive, mais l'endroit est privé. Valentin consulte actuellement les fichiers du cadastre. Attends, tu as une minute ? J'ai justement Valentin qui me fait de grands signes à travers la verrière. Je te reprends dans deux minutes.

---

13. Idem, cf : *Peur Bleue sur Oléron.*

Tessier posa le téléphone sur son bureau et s'approcha de l'open space où s'agitait son coéquipier.

— Oui Valentin. (…) je t'écoute, dis-moi. (…) Ah, ça alors. C'est fou ! Je suis justement en ligne avec le chef. Je lui communique tes informations.

Tessier se faufila à travers les bureaux pour rejoindre le sien. Sans prendre la peine de refermer sa porte, il reprit Bourguignon sur son portable. Bien entendu, il aurait pu avancer vers son collègue portable à la main, mais c'était un réflexe ancré profondément en lui. Il avait connu les téléphones fixes, avec des fils et même avec la composition des numéros sur un cadran circulaire...

— Allô, Pierre ? Tu devineras jamais quel est le nom de l'heureux propriétaire du prieuré de La Perroche ?

— Bah, non, je ne vais pas deviner. Enfin, sauf si… Le lieutenant venait de percuter. Oui ! Sauf s'il s'agissait de cette famille, encore une fois. Mounier-Brégaud ? tenta-t-il.

— Exactement. Je crois que maintenant, on peut éliminer le principe d'un incident fortuit sur le site de Saint-Trojan.

— Écoute, on se tient au jus, je leur rends visite d'ici un quart d'heure. La propriété est située du côté de Vert-Bois. Un grand corps de ferme, récemment rénové. Ces gens ont l'air d'avoir pas mal de moyens et des propriétés à plus savoir qu'en faire. Demande à l'un de nos hommes à la brigade de bosser sur ce dossier. Il faut dresser un état des lieux du patrimoine de cette famille, ainsi que la liste de leurs ayants droit. Bref un topo complet sur les Mounier-Brégaud. De ton côté, prends un ou deux hommes et rendez-vous immédiatement au prieuré. Tiens, Mourad est reparti il y a un quart d'heure, il ne va pas tarder, demande-lui de t'accompagner. Il faut contrôler si les pilleurs s'y sont déjà rendus et vérifier s'ils n'auraient pas mis la main sur ce fameux glaive. Si c'est le cas, je ne vois pas comment on pourra continuer à remonter leur piste.

— On part sur-le-champ, confirma Tessier, tout en ramassant ses vêtements qui pendaient au portemanteau. Il fit signe à Mourad, à peine rentré de son déplacement, puis à Valentin, de le rejoindre. Tous trois prirent place dans un véhicule banalisé, direction La Perroche et l'océan, sur la côte ouest de l'île, toutes sirènes hurlantes.

Chapitre 7

Si les gendarmes n'avaient pas été si pressés de rejoindre le prieuré de La Perroche, ils auraient pu prendre le temps d'admirer le réveil de la vigne partout autour d'eux. Des rangées de sauvignon, de colombard et de chardonnay pour les vins blancs, mais aussi des cabernets francs, cabernets sauvignon et merlot pour le vin rouge, s'étalaient à perte de vue. En quelques semaines, les ceps de vigne, dénudés tout l'hiver, s'étaient parés de petites feuilles emberlificotées qui, peu à peu, s'étaient déployées pour mieux capter les rayons du soleil. Déjà des grappes de minuscules fruits verts apparaissaient de-ci de-là. Les pluies d'avril et de ce début mai avaient apporté les nutriments. Le soleil parachevait l'œuvre en dispensant force et énergie à toutes les extrémités de la plante.

Le règne d'Aliénor d'Aquitaine avait d'ailleurs consacré la culture de la vigne dans tout le Sud-Ouest et la commercialisation de son vin dans une grande partie de l'Europe, jetant les bases pour longtemps et définissant les contours toujours actuels, de l'économie de ce territoire.

Après avoir traversé plusieurs hameaux, les gendarmes évitèrent La Cotinière en coupant par les extérieurs. Malgré le GPS embarqué, Jean-Claude manqua de se perdre dans les ruelles du village de pêcheurs, où les routes n'avaient cessé de changer de sens au cours des dernières décennies. En été, les rues desservant le centre-ville étaient même fermées à la circulation entre dix-neuf heures et vingt-trois heures, pour laisser les piétons arpenter tranquillement les rues marchandes du village. Une belle initiative, qui allait certainement donner d'autres idées aux élus dans les prochaines années. Il fallait cependant aménager encore les infrastructures du cœur de village pour permettre à tous d'accéder au grand port de pêche sans trop de difficultés. Un grand parking extérieur au village était en projet…

Sorti de La Cotinière, le véhicule de gendarmerie s'engouffra sur la route côtière jusqu'à atteindre une patte-d'oie à proximité du camping *Les Flots Atlantique*. La voiture bifurqua à droite puis chemina dans les ruelles du hameau jusqu'à se faufiler le long du portail de la chapelle qui donnait sur la rue. Le véhicule avança encore sur une centaine de mètres pour se stationner sur un grand parking bordant la plage de La Perroche.

En passant devant le portail, les officiers de gendarmerie n'observèrent rien de particulier. Les vantaux étaient fermés. La chapelle était bien là, intacte, habilement dissimulée, comme engoncée au milieu de ses nombreuses dépendances. Rien ne semblait bouger alentour. Rassurés, les gendarmes stoppèrent la sirène, descendirent du véhicule puis se dirigèrent vers l'entrée principale.

Bien entendu, celle-ci était close. Jean-Claude proposa de faire le tour des extérieurs, manière de s'assurer que tout demeurait intact et qu'aucun délit n'avait été commis en vue d'y pénétrer. Après avoir emprunté un petit chemin flanqué sur la droite des bâtiments et qui menait directement à l'océan, les gendarmes constatèrent que le mur d'enceinte était moins haut grâce au sable amassé au pied de la façade. Valentin aida Mourad à le franchir en lui faisant la courte échelle. Bien sûr, la démarche n'était pas très réglementaire ni vraiment autorisée, mais il fallait bien vérifier que la chapelle était vierge de toute effraction. Mourad fit le tour du propriétaire, enfin de ce qu'il pouvait en observer, et il remarqua une tuile tombée d'un toit. Il ramassa l'indice et ne constata aucune autre incongruité.

Les gendarmes purent admirer l'architecture assez dépouillée de l'édifice de style roman. Puis en revenant vers la route à la hauteur du parking, ils admirèrent de loin la massive tour crénelée aux gros moellons apparents, qui semblait veiller sur les restes des bâtiments conventuels, le cloître et la chapelle. Il ne restait plus qu'à attendre les autorisations.

Jean-Claude décida de prévenir son chef, mais il tomba directement sur son répondeur. Bourguignon était sans doute en pleine discussion avec les Mounier-Brégaud. Le petit vent frais en provenance de la mer les invita à s'abriter dans le véhicule. Ils allaient de toute façon y demeurer en poste jusqu'à l'arrivée du capitaine. Ils le savaient, la planque risquait de durer. Alors, tout en jetant par moments un coup d'œil à la chapelle, chacun en profita pour rechercher des informations pouvant les aider à mieux s'immerger dans l'enquête. Les membres de la brigade de Saint-Pierre entreprirent donc d'intenses et sérieuses recherches sur différents moteurs de recherches. C'était le cas pour eux, avec les moyens du bord, et en même temps à la médiathèque où les deux spécialistes avançaient dans la compréhension du récit gravé sur les pierres du tombeau. Chacun réunissait les pièces d'un puzzle qui ne tarderait pas à s'agréger.

Vers dix-huit heures, Pierre Bourguignon appela.

Son entretien avec le doyen de la famille Mounier-Brégaud ne lui avait guère permis de répondre aux questions qu'il se posait sur les événements récents, car ce dernier lui avait assuré tout ignorer de la présence sur ses terres de cette chapelle dédiée à Aliénor d'Aquitaine. Mais le capitaine annonça tout de même que la visite de la chapelle et du prieuré était programmée au lendemain. Malgré son insistance pour récupérer les clefs dans l'instant, il n'avait pas réussi à obtenir gain de cause. Le vieil homme s'était proposé de les accompagner en personne, à dix heures le jour suivant. Jean-Claude demanda à Pierre s'il pensait nécessaire de laisser un homme posté devant la chapelle toute la nuit, mais pour seule réponse, ce dernier leur demanda de l'attendre là où ils étaient. Ce qu'ils firent sans sourciller.

Une vingtaine de minutes plus tard, lorsque la voiture de Pierre Bourguignon arriva, les trois hommes descendirent de la Peugeot pour l'accueillir. Sans transition, et comme s'ils s'étaient quittés au téléphone quelques secondes plus tôt, le chef décréta :

— J'ai réfléchi à ta question Jean-Claude. On ne peut pas laisser le site sans surveillance. Imagine que cette nuit quelqu'un s'y introduise pour récupérer l'objet avant nous ? Et d'un autre côté, j'ai pas vraiment envie de punir l'un des nôtres en le laissant en planque toute la nuit, à cause de ce foutu vieux croûton de Mounier !

— Alors quoi, chef ?

— Alors, on entre, j'en prends la responsabilité. On va passer par les toits, en toute discrétion, si possible, et on va au moins faire un tour des lieux pour voir s'il n'y a rien d'anormal à signaler. Ce serait idiot tout de même de laisser quelqu'un ici toute la nuit, si jamais les pilleurs sont déjà passés. Qu'en dis-tu ?

— Je te le fais pas dire, chef. Bonne décision, on te suit. Mourad a trouvé une tuile tombée du toit. Si c'est pas le vent qui a fait ça, alors, elle n'est peut-être pas tombée toute seule !

Une nouvelle fois, la petite équipe se dirigea vers les bâtiments religieux et malgré un équipement plus que sommaire, composé d'une simple corde d'escalade et d'un baudrier, Mourad escalada le mur extérieur pour accéder au toit. Là, il inspecta les environs pour s'assurer que personne n'assistait à leur petit manège, puis il fixa en toute sécurité la corde qu'il jeta ensuite en direction de Jean-Claude. En bas, les regards se croisèrent et Pierre décida :

— Allez-y Valentin, nous, nous sommes un peu vieux pour ces conneries. Et prenez garde à vous.

Dix minutes s'étaient écoulées, quand soudain le visage de Valentin réapparut au niveau du faîtage.

— Je suis désolé chef, mais on dirait qu'on nous a devancés. Il semble bien que quelqu'un se soit introduit dans la chapelle et je pense qu'il a procédé de la même manière que nous, en passant par le toit. Bref, la tuile intégrale ! La porte qui donne à l'intérieur de la chapelle a été dégondée, et nous avons pu pénétrer à l'intérieur sans problème. Mourad continue d'inspecter les lieux, mais chercher votre glaive au milieu de toutes ces pierres, c'est un peu comme chercher une aiguille dans une meule de foin. Pourtant, il n'y a pas grand-chose dans cette église, c'est quasiment vide. Pour le coup, je pense que la présence de nos historiens aurait été opportune pour nous aider à repérer l'endroit où était dissimulée cette dague.

— Un glaive Valentin, il s'agit d'un glaive ! Bon, et puis merde, allez chercher Mourad et quittons les lieux. Nous reviendrons demain matin comme prévu, et nous ferons mine de découvrir l'effraction en même temps que le propriétaire. Après tout, il n'avait qu'à venir nous ouvrir les lieux plus tôt !

— Au moins maintenant, on sait qu'il n'y a plus d'urgence à chercher l'objet, c'est déjà ça, tempéra Jean-Claude.

— En effet, ça nous avance vachement, merci. Je te signale qu'on vient certainement de laisser filer la seule piste que nous avions pour mettre la main sur les meurtriers. Ceci étant, la nuit porte conseil… Gageons que de nouveaux indices fassent surface rapidement !

— Tu as raison chef, ne sombrons pas dans le défaitisme, confirma Jean-Claude, qui n'en pensait pas moins.

Les deux militaires descendirent du toit et la

troupe ainsi réunie se mit en route pour rejoindre Saint-Pierre. Bourguignon embarqua Mourad et Valentin, pendant que Jean-Claude partait seul rejoindre ses deux collègues à la médiathèque. Il leur avait dit qu'il passerait les récupérer pour les conduire à leur hôtel. Il était dans les temps. Il obtiendrait peut-être la primeur de leurs récentes découvertes, et avec un peu de chance, un timide sourire de la séduisante Martine.

*

Quand Jean-Claude pénétra dans la médiathèque, il sentit bien qu'une chose spéciale le chatouillait quelque part entre le cœur et le ventre. Au départ indéfinissable, il comprit ensuite que cette sensation qu'il éprouvait à cet instant ne l'avait plus habité depuis des années. C'était pour cette raison qu'il ne l'avait pas identifiée au premier abord.

Submergé par ce mélange d'excitation et de stress, il se présenta devant ses deux collègues avec une fougue qu'il ne maîtrisait pas. Malgré la mine fatiguée de Martine, il réussit à communiquer son énergie aux deux historiens, qu'il accompagna comme prévu en voiture jusqu'à leur hôtel, tout en leur exposant les derniers rebondissements de l'enquête. De leur côté, les deux scientifiques avaient bien avancé sur les traductions et Martine lui annonça que le lendemain soir, tous deux seraient a priori en mesure de lui communiquer le résultat de la lecture des textes qui garnissaient la chapelle souterraine. Mais ça, c'était avant de savoir que le lendemain, tous trois devraient se rendre au prieuré de La Perroche pour tenter d'en percer le mystère.

Joël descendit le premier, suivi de près par Martine installée sur le siège passager. En se retournant pour le remercier de sa prévenance et de sa courtoisie, ses cheveux vinrent caresser son visage. Lorsqu'elle posa sa main sur son épaule droite pour le saluer, ce contact électrisa Jean-Claude. La belle blonde comprit ce qui venait de se produire et lui lança un «Bonne nuit !» jovial et sensuel qu'elle ponctua d'un sourire charmeur.

Durant plusieurs minutes, le parfum suave de la séduisante scientifique plana dans la voiture. Longtemps après avoir quitté le parking, Jean-Claude se surprit à essayer de s'en imprégner encore et encore, respirant les effluves à pleines narines comme s'il désirait n'en perdre aucune. Bien plus tard dans la soirée, une fois rentré chez lui, il était toujours dans un état psychologique étrange avec une curieuse boule au ventre. Pas de celles qui font mal, plutôt de celles qui donnent du baume au cœur et regonflent d'espoir à plein régime.

Demain, pour sûr, il l'inviterait à dîner et adviendrait ce qu'il pourrait… En attendant, ce soir-là, Jean-Claude eut toutes les peines du monde à trouver le sommeil.

Chapitre 8

Le matin suivant, le vieil homme arriva au volant de sa rutilante Mercedes sport. Il se gara sur le parking de la plage, situé à une cinquantaine de mètres du prieuré où les gendarmes l'attendaient.

Christian Mounier-Brégaud était un homme de taille moyenne, ne dépassant pas le mètre soixante-dix. Il lui restait peu de cheveux sur le crâne, mais cela conférait à son front fuyant une stature altière qui seyait bien au personnage. Une paire de petites lunettes rondes – un peu à l'image de celle du professeur Tournesol dans Tintin – lui donnait un air de premier de la classe. Son teint hâlé et sa peau tannée par le soleil attestaient qu'il résidait bien sur l'île à l'année. Ce n'était pas un parisien venant sur Oléron seulement les week-ends à rallonge du mois de mai ou pendant les vacances scolaires. Non, dans son cas, il s'agissait d'un véritable Oléronais ! Et si ce n'était son véhicule, ses habits ne témoignaient pas vraiment d'une grande fortune. L'homme était vêtu d'un simple *jean*, et portait une chemisette de marque Oxbow. Un vieux qui sait se maintenir à la mode, nota Tessier. Pas vraiment de quoi frimer ou se faire remarquer, pensait Bourguignon de son côté. Certains riches portent un grand soin à passer inaperçu.

Il faut dire que la France a toujours eu un problème avec ceux qui créent de la richesse ! Nos gouvernants actuels et passés ont toujours eu à cœur de privilégier les rentiers aux entrepreneurs. Dans notre pays, seul le rentier, celui qui ne fait pas de bruit et possède la terre ou les biens, peut s'enrichir toujours plus. Par contre, clouer au pilori un chef d'entreprise qui s'efforce d'entretenir la réussite de son exploitation ne leur a jamais posé de souci. En clair, le système français ne favorise pas la réussite des plus pauvres. Le mieux qu'un travailleur puisse faire, c'est de veiller à l'avenir de ses enfants, pour qu'un jour, eux aussi, deviennent rentiers. Et voilà, la boucle est bouclée. Le système est vicié jusqu'à la racine, vérolé de l'intérieur.

Christian Mounier-Brégaud, lui, était un rentier, un vrai de vrai. Depuis longtemps. Un de ceux qui ont un véritable empire entre leurs mains. L'équipe de Bourguignon avait mené sa petite enquête. L'homme qui trottinait comme un gentil petit vieux devant eux, pour les mener à l'entrée de la chapelle, possédait la moitié du foncier bâti et constructible à Saint-Trojan. Son nom figurait également sur d'énormes superficies de terres agricoles du côté de Grand-Village et autour du Port des Salines. À Saint-Pierre, Domino, Chaucre, ou encore Saint-Georges, le châtelain possédait des hôtels, des bars et des restaurants dans tous les coins de l'île. De grandes fermes placées autrefois en métayage lui appartenaient également, tels que La Sablière entre les Huttes et La Brée ou encore ce corps de ferme entre Chéray et Saint-Pierre où l'un de ses neveux fabriquait et vendait la célèbre *Bière des mareyeurs*. Monsieur Mounier-Brégaud n'était donc pas millionnaire à proprement parler, encore que, mais il était probablement le premier propriétaire terrien sur l'île après l'État.

Pour ce rendez-vous et la visite du prieuré, le capitaine avait requis la présence de Jean-Claude Tessier, mais également celle des deux spécialistes, Martine et Joël, qui selon lui pourraient s'avérer utiles sur place.

Depuis ce matin, Jean-Claude était donc aux petits soins avec les deux scientifiques. Après avoir pris le petit-déjeuner en leur compagnie à l'hôtel de la Chaudrée à La Brée-les-bains et en attendant l'heure du rendez-vous avec le magnat d'Oléron, il s'était donné la peine de véhiculer ses invités jusqu'au phare de Chassiron, pour un bol d'air revigorant dès potron-minet. Puis, tout en les écoutant égrener les résultats partiels de leurs recherches de la veille – qu'ils regrettaient d'ailleurs de ne pas pouvoir poursuivre ce matin – Jean-Claude les avait conduits jusqu'à La Perroche en empruntant les routes secondaires. Les Huttes, Chaucre, Domino, puis Les Sables Vigniers, Les Gros joncs, La Menounière, jusqu'à La Cotinière et la visite de son pittoresque port de pêche. Puis direction Matha et enfin La Perroche, où les attendait Bourguignon, en pleine conversation téléphonique avec le procureur.

Après avoir raccroché, le capitaine leur expliqua les tractations du moment pour obtenir de Mounier-Brégaud la cession complète du site du tombeau d'Aliénor au profit de l'État. En gros, si le propriétaire refusait la proposition de compensation financière de l'État, ce dernier ne se priverait pas de préempter le terrain pour lui faire renoncer à son acte de propriété. Il pouvait aussi l'obliger à entretenir lui-même à ses frais la parcelle de forêt lui appartenant. Mais à ce petit jeu, l'État pouvait aussi se brûler les ailes. Mieux valait trouver un terrain d'entente.

Quand le vieux beau enfonça la clef dans la serrure du magnifique portail ouvragé condamnant l'entrée de la chapelle, celle-ci émit un petit bruit métallique, puis céda. Avec l'aide de Tessier, il poussa les deux vantaux qui protégeaient le lieu sacré. Dès l'ouverture, une odeur de renfermé leur monta aux narines. Il faut dire qu'en dehors d'une date en juillet et du 15 août, l'édifice ne recevait aucun visiteur, pas même ses propriétaires qui résidaient dix kilomètres plus au sud.

Mounier-Brégaud s'avança et enclencha le disjoncteur, illuminant ainsi l'intérieur. L'édifice, qui ne payait pas de mine de l'extérieur était en réalité tout à fait remarquable. Les murs en pierres apparentes étaient partiellement couverts d'un voile de lichen vert, attestant du taux d'humidité élevé qui régnait dans les lieux. Au fond de la chapelle, un modeste vitrail surmonté d'une ogive dispensait une lumière écrue qui tombait directement sur un christ en croix, conférant au lieu une solennité à la limite du mystique. Sur les côtés, trois autres ouvertures contribuaient à répandre une tiède luminosité, presque jaunâtre. Au milieu du transept, un petit autel en marbre habillait la partie haute de la chapelle. Tout autour, des tabourets en plastique faisaient tache dans le décor. De part et d'autre de l'ouverture centrale, deux statuettes d'environ un mètre de haut trônaient chacune sur leur reposoir. Pour le reste, la chapelle était épurée. Une grille basse en fer séparait le chœur de l'ensemble de la salle et quelques niches incrustées dans le mur complétaient le décor.

Lorsque le magnat s'avança vers le fond de la pièce, il aperçut enfin, ce que tous savaient et faisaient pourtant mine d'ignorer : la porte donnant sur le prieuré était fracturée et ouverte aux quatre vents. D'ailleurs, un puissant courant d'air s'engouffrait à travers la pièce, ce qui eut pour conséquence de renouveler l'air vicié de l'intérieur, au grand bonheur des visiteurs. En voyant comment des voleurs s'étaient introduits chez lui, l'hôte porta ses mains à la tête et lança un juron : *cré vin diou* dans une langue que Joël prit pour de l'Anglais, même s'il s'agissait en réalité d'un juron en patois saintongeais.

Bourguignon dut prendre sur lui pour feindre la surprise, et annonça :

— Que se passe-t-il, monsieur Mounier-Brégaud ? Quelqu'un aurait-il pénétré chez vous par effraction ? Cette porte était fermée, je présume !

— C'est exact. Manifestement des voleurs se sont introduits dans le prieuré et la chapelle. Et regardez ce qu'ils ont fait, ils ont dégondé ma porte en faisant levier avec une barre métallique, précisa-t-il en indiquant l'emplacement des gonds abîmés. Enfin je ne suis pas un spécialiste, à vous de me le dire, précisa-t-il.

— Des voleurs ? rebondit aussitôt le capitaine. Y avait-il des objets précieux à dérober ici ? Manque-t-il quelque chose, selon vous ?

— À première vue, non. Comme vous pouvez l'observer, l'endroit ne fait état d'aucun mobilier ni objet de valeur.

Pour Bourguignon, l'essentiel n'était pas de relever d'improbables empreintes dans l'instant. Encore eut-il fallu que Mounier-Brégaud portât plainte. Même si la procédure allait suivre son cours, il savait très bien qu'ils avaient affaire à des professionnels et que dans ces conditions, les personnes qui étaient entrées n'avaient sans doute pas laissé leur carte de visite.

Non, ce qui intéressait Bourguignon, c'était de trouver l'endroit qui avait accueilli le glaive, le lieu où était dissimulé l'objet auquel faisaient référence les tablettes du tombeau de la reine Aliénor.

Le capitaine s'en ouvrit auprès du propriétaire.

— Un glaive ici, s'étonna le vieil homme ?

— Oui, les indications portées sur les tablettes en marbre présentes dans le cercueil de celle que nous pensons être Aliénor d'Aquitaine indiquaient clairement que nous devions chercher un glaive en ce lieu. Et que ce glaive révélerait la localisation d'un fabuleux trésor. Sincèrement, vous n'avez jamais entendu parler de cette histoire avant, monsieur Mounier-Brégaud ?

— Je vous l'ai déjà dit, j'ignore tout de ce fameux trésor, tout comme j'ignorais la présence de cette chapelle sur mes terres. Comment dois-je vous le répéter ?

— Mais monsieur Mounier-Brégaud, votre famille vit sur Oléron depuis toujours. Le fait même que deux des indices nous conduisent sur votre propriété n'est certainement pas un hasard, tenta-t-il.

— Compte tenu du nombre de propriétés que ma famille et moi possédons sur l'île d'Oléron, se gaussa le châtelain, la probabilité de trouver quelque chose de valeur sur nos terres est de fait plus importante que chez l'habitant moyen d'Oléron, ne croyez-vous pas ?

L'argument imparable cloua le bec au capitaine, qui n'insista pas. Mounier-Brégaud ne voulait pas cracher le morceau et dire ce qu'il savait, car il en était certain, ce dernier lui cachait quelque chose. Il était pourtant inutile d'insister. Bourguignon avait tenté ce coup de bluff en pensant que l'homme serait perturbé par la visite des cambrioleurs dans sa propriété, et que, ayant perdu la main, il consentirait à lâcher un peu de leste, mais il n'en était rien. La détermination du propriétaire paraissait intacte, dessinant un petit rictus cruel au coin de ses lèvres.

Bourguignon se rappela que durant la guerre, les Allemands avaient eux aussi tenté de retrouver la trace d'un trésor, sans succès. En témoignait probablement le squelette du soldat retrouvé à proximité de la chapelle. S'agissait-il en réalité du même trésor ? Celui d'Aliénor d'Aquitaine ?

Dans sa tête, le capitaine commençait à y voir plus clair. Enfin, clair, c'était une façon de parler, mais porté par une intuition, il entrevoyait peu à peu le scénario qui avait pu se produire soixante-dix ans plus tôt durant l'invasion allemande.

Pour l'heure, il fallait faire preuve de pragmatisme. Bourguignon fit signe aux deux spécialistes de se mettre à pied d'œuvre pour fouiller les lieux avec précaution, mais efficacité. Et si apparemment rien ne laissait augurer qu'on avait descellé des pierres ou déterré quelque chose, peut-être pourraient-ils en déduire que les voleurs avaient fait chou blanc.

C'était une éventualité à ne pas exclure ! Pourtant rien n'avait été saccagé, réflexe singulier d'ordinaire observé chez les pilleurs énervés par leur échec.

— Voici ma première analyse, commença à expliquer Joël avant même d'avoir fini le tour du propriétaire : L'ensemble des bâtiments conventuels est composé d'un cloître et d'une belle chapelle romane, le tout surmonté d'une tour crénelée et protégé par une tour d'angle percée d'archères à vocation défensive. L'édifice est construit en pierres et moellons calcaires, sans fioritures, et si j'en crois mes lectures sur le sujet, le lieu a souvent été vandalisé et pillé au cours des siècles. Au XIIe siècle, les personnes qui ont mis au point ce savant jeu de piste avaient bien dû prévoir qu'un tel scénario pourrait se produire. Le Moyen Âge n'est pas connu pour être une période très paisible. De plus, à cette époque, ce territoire n'appartenait pas à la couronne de France, ce qui représentait une sacrée épine dans le pied des régnants et a entraîné bien des guerres.

— Autrement dit, en bons prévoyants, ceux qui avaient en charge la préservation du secret ont dû trouver un lieu qu'ils jugeaient à la fois accessible et où personne ne penserait jamais à venir fouiller.

— C'est cela, cherchons une cachette qui corresponde à cette description, proposa Martine, tout enjouée.

Voyant les enquêteurs commencer à s'approprier l'espace en se désintéressant de sa mauvaise fortune, Mounier-Brégaud fit un signe de dénégation tout en poursuivant son chemin. Il partit en direction du cloître et les enquêteurs l'entendirent bientôt monter dans les parties hautes du bâtiment annexe. Sans doute allait-il aérer les pièces qui souffraient de la présence constante des vents marins chargés d'humidité, et par la même occasion vérifier qu'il ne manquait rien à l'inventaire.

Le tour du propriétaire dura plus de deux heures. Chacun inspecta l'ensemble des pièces que comptait le domaine. Les historiens analysèrent les peintures qui ornaient les murs du cloître, sans succès. Aucune pierre ne semblait avoir été bougée. Comme si les pilleurs n'avaient touché à rien. Étrange. Quant au maître des lieux, il allait et venait, jetait parfois un œil inquisiteur aux hommes de Bourguignon pour s'assurer qu'ils ne dérangeaient rien. Mais il n'ajouta aucune parole jusqu'à la fin de la perquisition, qui n'en était pas une à proprement parler. *Collaboration passive* était plutôt le terme approprié.

Comme Tessier traînait encore dans la chapelle, car pour lui l'indice qu'ils cherchaient devait nécessairement s'y trouver – sinon pour quelle raison en dégonder la porte – il passa sa main sur le mur et vit que le lichen avait trouvé un support adéquat pour s'y développer. Il porta cette mousse à son nez et la renifla tout en réfléchissant. Puis se tournant vers le propriétaire, il demanda :

— Pardonnez-moi, monsieur Mounier-Brégaud,

mais n'y a-t-il pas un puits sur la propriété ?

Le vieil homme parut d'abord déstabilisé par la question du gendarme. Agacé serait le mot plus exact. Il buta même dans un prie-Dieu en bois massif à ses pieds, avant de se ressaisir.

— Non, à ma connaissance il n'existe aucun puits dans l'enceinte du prieuré. Ceci étant, allez-y, faites comme chez vous, investiguez !

— Mais alors d'où viennent tous ces lichens, s'interrogea Tessier sans se préoccuper du vieillard ?

À sa grande surprise, ce dernier lui fournit une explication :

— Nous sommes dans une terre de marécages et par ailleurs l'océan est tout proche. Comme dans tous les lieux situés en bord de mer, le taux d'humidité est très élevé. J'ai acquis une ou deux maisons à Matha et à La Cotinière, elles possèdent les mêmes caractéristiques, mais comme je les loue, elles sont plus souvent aérées… Et puis, j'y ai fait faire pas mal de travaux d'isolation…

La réponse eut l'air de convenir à Tessier qui déambula un peu plus loin, poursuivant ses recherches avec minutie. Pourtant, quelques minutes plus tard, le temps de la visite semblait écoulé, car le propriétaire rejoignit Bourguignon afin de lui signifier que la période d'observation touchait à sa fin et qu'avec sa permission il souhaitait rentrer chez lui.

Le capitaine acquiesça, s'excusa pour la gêne occasionnée et remercia son hôte. Puis il réunit sa petite troupe, sifflant la fin de la partie. Pendant que Mounier-Brégaud commençait à refermer le vantail de la porte d'entrée, Tessier s'avança vers son chef et lui chuchota quelque chose à l'oreille, scène pour le moins embarrassante pour tout le monde.

Cinq minutes plus tard, l'équipe au complet se trouvait réunie devant le porche. Mounier-Brégaud prit soin de condamner l'accès et déclara qu'il allait faire venir un ouvrier pour réparer, à ses frais, précisa-t-il, la porte dégondée du cloître.

Bourguignon le remercia pour sa collaboration, même s'il regrettait que cette dernière se soit avérée si peu fructueuse. Alors qu'ils rejoignaient leur véhicule respectif, Bourguignon se retourna :

— Au fait, j'oubliais, monsieur Mounier-Brégaud, croyez-vous qu'il vous serait possible de nous confier un double de la clef pour, le cas échéant, revenir sur les lieux, si d'aventure nous trouvions un nouvel indice susceptible de nous aiguiller plus précisément ?

L'homme les regarda d'un œil perçant, son cerveau paraissait en ébullition. Il tournait en tous sens des scénarios dans sa tête, pesant le pour et le contre. Manifestement, il était partagé. Il savait que refuser, risquait de mettre la puce à l'oreille aux enquêteurs et d'un autre côté, il semblait calculer la probabilité pour que ces derniers trouvent réellement entre ses murs, ce qu'ils voulaient débusquer à tout prix.

Après quelques secondes d'une sévère agitation,

il prit encore une minute pour détacher soigneusement la clef de son trousseau et gagner du temps afin de s'assurer qu'il prenait la bonne décision. N'y tenant plus, il remit l'imposante clef entre les mains du capitaine, qui le remercia vivement pour cette preuve de confiance.

— De toute manière, j'ai un double à la maison. Donc vous pouvez conserver celle-ci le temps qu'il faudra. Je m'arrangerai avec l'ouvrier en lui prêtant la mienne quand il viendra faire le boulot.

Puis il tourna les talons et s'engouffra dans sa Mercedes. Les membres de l'équipe de Bourguignon firent de même en regagnant leur véhicule respectif. Aussitôt après leur départ, la sonnerie du téléphone retentit dans la voiture de Tessier. L'enquêteur décrocha et à l'autre bout du fil la voix de Bourguignon résonna dans les enceintes Bluetooth :

— Désolé, je ne pouvais pas attendre d'être à la brigade pour savoir. Alors, c'est quoi ton idée ? aboya-t-il, impatient.

— En tout cas, on a la clef, chef ! C'est une bonne chose, ça m'aurait énervé de devoir escalader à nouveau le mur d'enceinte. Bon, eh bien, je parle sous le contrôle de nos deux spécialistes qui vont peut-être apporter leur lumière sur une question que je me pose. Vous y croyez vraiment au fait que les moines de l'époque n'avaient aucun accès à de l'eau potable sur le domaine ? À quoi bon édifier défensivement un tel lieu, si vous ne pouvez pas tenir un siège à cause du manque d'eau ? Et puis ces histoires de mer et de marécages ne justifient en rien le fait que le bâtiment soit si humide. Il existe des sources d'eau douce même dans l'océan, alors pourquoi n'y en aurait-il pas une au prieuré ?

— Oui ! confirma Martine. À l'époque, les moines n'auraient jamais bâti de tels monuments comme ça au milieu de rien, sans une source d'eau potable à proximité.

— De toute évidence, ce vieux beau nous cache des choses depuis le début. Il ne veut pas que l'on fouille chez lui. Il sait pertinemment où se trouve ce que l'on cherche et il refuse catégoriquement de nous aider à mettre la main dessus.

— Je confirme, acquiesça Bourguignon. Il nous a donné la clef uniquement pour ne pas éveiller les soupçons.

— C'est raté alors, répliqua Tessier.

— Attendez, coupa Martine, j'ai peut-être une hypothèse à formuler. Et si Mounier-Brégaud et sa famille avant lui, étaient en quelque sorte les gardiens des lieux ? Chargés de protéger l'accès au sanctuaire d'Aliénor d'Aquitaine ? Ça pourrait justifier ces réticences à nous venir en aide, vous ne croyez pas ?

— C'est exactement l'idée qui m'a traversé l'esprit tout à l'heure, appuya le capitaine.

Devant l'expectative des trois autres dans la voiture, qui attendaient le développement de cette hypothèse, Martine précisa :

— Avec Joël, nous avons travaillé hier sur les récits foisonnants qui jalonnent le tombeau et les tablettes en marbre. Nous avons déjà pu décrypter une partie du récit gravé. Bon, on sait qu'en 1137, Aliénor est couronnée reine de France en épousant Louis VII. Mais à l'inverse de son époux, dont l'esprit restera à jamais prisonnier de ses influences catholiques, la belle et jeune reine demeure avant tout une femme libre. Elle a été élevée à l'école de la *fine amor* et des troubadours. Déjà à l'époque, le midi est une terre des lumières, fertile dans ses champs, mais aussi pour tout ce qui touche à l'éveil des consciences. Pendant qu'au nord, les gouvernants sont empêtrés dans la religion, le sud inaugure une nouvelle ère où les femmes auront leur rôle à jouer, où la culture et la connaissance sont placées au-dessus de tout. Un siècle plus tard, le roi de France réglera la question en envoyant son ost catholique dompter les seigneurs du Sud, sous la houlette du terrible Simon de Montfort. L'idée étant d'une part de conquérir ces terres, apanage de seigneurs vassaux du roi d'Aragon, d'éradiquer les Cathares, et de ce fait, remettre en odeur de sainteté la religion catholique qui y avait perdu pied. Rappelez-vous qu'alors, l'Occitanie actuelle n'était pas encore rentrée sous la tutelle du royaume de France. Ce sera le cas après la croisade, lorsque le royaume imposera dans chaque cité occitane des sénéchaux, les préfets de l'époque.

— Enfin pour ce qui nous concerne, recadra Joël, la reine, après maints atermoiements, se sépare de Louis VII. Tout aurait pu se terminer là, mais elle épouse en secondes noces, en 1152, Henri Plantagenêt. Ensemble ils régneront comme reine et roi d'Angleterre dès le mois de décembre de la même année. Elle n'a alors que trente ans et passe le plus clair de son temps entre les terres des Plantagenêt et Londres, où elle représente son mari souvent absent. En treize ans, elle donne naissance à cinq garçons et trois filles et c'est seulement à partir de 1170 qu'elle peut s'établir définitivement à Poitiers dont le duché est gouverné par son fils Richard. Cependant, elle n'a pas attendu 1170 pour œuvrer dans sa province natale. C'est en 1160 qu'elle promulgue les Rôles d'Oléron, lesquels sont à l'origine de la loi actuelle de l'amirauté britannique et du droit maritime moderne. Puis en 1162, elle entreprend les travaux de la nouvelle cathédrale de Poitiers, qu'elle n'aura de cesse de moderniser et d'embellir, comme sa ville du reste, qui le lui rend bien encore de nos jours. En 1170, à quarante-huit ans, elle peut enfin mener seule sa barque. Excédée par les infidélités de son époux, elle prend ses distances – il faut dire que le roi d'Angleterre est beaucoup plus jeune qu'elle.

— Ce sont les années comprises entre 1158 et 1160 qui nous intéressent plus particulièrement, car elles présentent un lien avec l'île. Et cette histoire, elle, n'est écrite dans aucun livre d'histoire, assura Martine tout excitée. C'est aussi entre 1158 et sa période de captivité de treize ans qui débute en 1173, qu'Aliénor va apparemment détourner une grande partie des richesses du royaume pour l'accumuler quelque part sur Oléron. Imaginez les richesses de tout le royaume Plantagenêt convergeant vers ce petit bout du monde ! C'est ce laps de temps qui a trait à la constitution du trésor que nous allons devoir étudier en détail. L'un des textes dont nous avons commencé l'étude hier, raconte comment, autour de l'année 1158 précisément, en se rendant à Oléron pour y mener ses affaires, la reine et ses suivants furent victimes d'un violent coup de mer au cours de leur traversée. L'équipage au complet périt, elle seule survécut au naufrage. Bien qu'aucun document d'époque n'y fasse allusion ni encore moins en atteste, l'information étant restée confidentielle, Aliénor fut sauvée des eaux par un Oléronais âgé de vingt ans. Et c'est là que débute la légende non officielle de la reine, celle que vous nous avez empêchés de déchiffrer en nous conviant ce matin chez cet hôte au demeurant fort sympathique, ponctua Martine d'un ton mauvais. Mais ce qui est certain, c'est que l'on perd toute trace de la souveraine pendant plusieurs mois, à compter de son naufrage. On peut imaginer que c'est au cours de son séjour obligé sur l'île que lui serait venue l'idée d'y mettre à l'abri une partie des richesses détournées de la couronne d'Angleterre.

— Quel en était le but exactement ? coupa Tessier, passionné par ces explications tout autant que par la conférencière.

Face au silence de son assistance, il reprit :

— Et le roi, était-il au courant de cette mise en lieu sûr d'une partie des joyaux de la couronne ?

— En imaginant qu'Henri Plantagenêt ait fini par découvrir le pot aux roses, on comprend mieux pourquoi il a fait enfermer son épouse les treize dernières années de sa vie. Une punition, en somme !

— Il va nous falloir un peu plus que des suppositions et des hypothèses pour déterminer avec certitude que la famille Mounier-Brégaud est la descendance directe d'Aliénor d'Aquitaine, et qu'à ce titre, ce sont eux qui tirent les ficelles de toute cette affaire, les meurtres compris…

— Certes, je n'avance que des éléments relevés dans un texte découvert dans un tombeau qui, pour le moment, n'est pas officiellement reconnu pour être ce qu'il prétend. Il nous faut procéder avec rigueur. Tout d'abord nous devons procéder à la datation de la construction du tombeau en recourant à un expert officiel, et faire de même pour les ossements qui appartiendraient hypothétiquement à Aliénor d'Aquitaine. Lorsque ce sera fait, on pourrait aussi imaginer demander au juge qu'il diligente un test ADN sur la personne de Christian Mounier-Brégaud ou l'un des membres de sa famille, afin de le comparer à celui des ossements contenus dans le tombeau. Ce qui permettrait de confirmer ou non l'éventuelle descendance. Quoi qu'il en soit, nous en saurons un peu plus demain soir, lorsque nous aurons terminé la traduction et l'étude de l'ensemble des écrits du site de Saint-Trojan.

— Personnellement, je ne vois guère comment, à l'âge de quarante-huit ans, la reine aurait pu avoir un enfant avec un gamin de vingt ans son cadet. La ménopause, ça vous dit quelque chose ? Et puis, à cette époque-là ! Bon, enfin… pourquoi pas, admit Tessier, dubitatif.

— Si je peux me permettre, on est en train de parler de l'année 1158. À cette époque, elle n'avait que trente-six ans. Et n'oubliez pas qu'à son retour sur le trône, elle donnera de nouveaux héritiers au roi d'Angleterre. On ne peut pas écarter la possibilité qu'elle ait pu engendrer entre son naufrage et la naissance de sa fille Aliénor trois ans plus tard. Ce serait la solution la plus plausible, même si, personnellement, je trouve ça dingue, précisa Joël.

— Aliénor était une femme avant-gardiste, très libre, et élevée dans l'éducation de la *fine amor*. C'est sans doute pour cette raison qu'elle a réussi à jouer un rôle si prégnant dans l'histoire européenne de son temps. Une fois que l'on a dit ça, tout reste possible et envisageable, souligna Martine, avec beaucoup de verve et de fierté, comme si Aliénor avait été l'une des premières féministes de son temps.

— Bon, je m'occupe de voir où en est l'administration au sujet de cet expert en datation, confirma Bourguignon. On devrait bien être en mesure de nous envoyer quelqu'un sous peu. Le préfet que j'ai eu au téléphone m'a prévenu qu'au plus haut sommet de l'État, on suivait de près l'évolution de cette enquête. Si les experts confirment la thèse selon laquelle ce tombeau est bien celui d'Aliénor, il se dit en haut lieu, que le Président en personne pourrait se déplacer pour une cérémonie officielle.

— Et vous connaissez son appétence pour tout ce qui touche à la royauté ! ricana Tessier, se trémoussant sur son siège à la simple perspective d'accueillir le père de la nation.

— Dans tous les cas, cela ne se fera pas avant le dénouement de cette enquête. Donc, au travail ! rappela Bourguignon.

Comme Martine lui faisait les yeux doux, Tessier retrouva son flegme habituel et un sérieux de rigueur, puis déclara :

— Je conduis Martine et Joël à la médiathèque pour qu'ils poursuivent leurs recherches et je te rejoins à la brigade. On s'y retrouve dans un quart d'heure. De toute manière, j'entre à l'instant dans Saint-Pierre, précisa-t-il avant de raccrocher.

Chapitre 9

Sitôt la gendarmerie laissée derrière lui, Pierre Bourguignon s'engagea comme par réflexe sur la voie qui lui faisait face et qui s'enfonçait plein ouest, direction l'océan, le vrai, celui qui donnait sur le continent Amérique. Enfant, il avait grandi en Bretagne et comme les gens autour de lui avaient l'habitude de dire que de l'autre côté c'étaient les Américains, le jeune Pierre avait longtemps pensé qu'il s'agissait des États-Unis. Ce n'est que plus tard, pendant le cours de géographie de madame Loiseau, qu'il avait pris conscience qu'en guise d'États-Unis, c'était plutôt le Canada qui lui faisait face lorsqu'il scrutait l'horizon de la grande bleue.

Aujourd'hui, le capitaine partait marcher en bord de mer ; une nécessité pour son équilibre, mais aussi pour celui de sa famille. Tel un sas de décompression, il avait besoin de prendre un moment pour lui, de se retrouver seul, au calme, en marchant le long de la côte, où parfois simplement en déambulant sans but précis au milieu des pins. Quelques fois, c'est même au cœur des vignes inondant le nord de l'île, zone de production du Cognac et du pineau qu'il aimait accomplir son petit rituel. Pour ce qui était du vin, les blancs dégageaient de subtils arômes de fruits sucrés, et l'on pouvait les acheter les yeux fermés, sans être jamais vraiment déçus par la qualité. Des rouges, on ne pouvait pas en dire autant. Comme le disait si bien la publicité : *ils ont le goût de leur île !* Très agréables à déguster face à la mer pendant des vacances ensoleillées !

D'où venait alors ce besoin impérieux chez Bourguignon de se retrouver seul dans la nature alors que sa famille n'attendait qu'une chose, son retour à la maison ?

Ce qu'il faut comprendre c'est que contrairement au reste de la population, le gendarme n'a pas la même facilité à se sortir de la tête le quotidien de son travail. Quand l'individu lambda rentre chez lui, s'occupe de sa famille, de sa maison, de son jardin ou voit ses amis, l'officier de gendarmerie, lui, demeure avec ses problèmes psychologiques, ses angoisses et les séquelles infligées par son métier. Dans les séries télé, le soir venu, les flics retrouvent leur petite famille comme si de rien n'était. Mais dans la vraie vie, les choses ne sont pas toujours si simples. En témoigne le fort taux de suicide dans leurs rangs. Par ailleurs, le représentant de l'ordre ne redevient jamais véritablement un citoyen ordinaire une fois passé le seuil de sa maison.

Quand ce ne sont pas les intimidations subies de la part de voyous résidants dans leur propre quartier, les policiers doivent maintenant faire face à la menace croissante des terroristes pour qui ils sont une cible de choix. Et là, on ne parle même pas des policiers en immersion aux *stups* ou dans le grand banditisme. Plus qu'un métier, il s'agit d'une vocation, ou mieux encore, d'un sacerdoce. Dans ces conditions, comment protéger femme et enfants, sachant pertinemment qu'un jour ou l'autre, ce métier leur fera courir un risque majeur ? La plupart des personnels du maintien de l'ordre connaissent, pour ces raisons, de gros problèmes familiaux.

Le capitaine Bourguignon avait trouvé là son petit arrangement avec la vie, et cela lui permettait de servir au mieux les intérêts de sa famille. Lorsque le besoin s'en faisait sentir, et avec une certaine régularité, il prenait entre une demi-heure et une heure sur son temps libre, pour accomplir ce rituel.

*

Vers dix-neuf heures trente, le capitaine rentra chez lui, la tête vide et le cœur chaud, malgré les rebondissements de la journée. De retour de ses balades, il mettait un point d'honneur à ne jamais ramener son travail à la maison, et à ne rien faire qui justifierait de manquer ces rares moments de bonheur en famille. Il se l'était promis dès que les choses étaient devenues sérieuses avec Marine et depuis, il s'y tenait. Malgré ses antécédents d'ancien alcoolique, il n'avait pas replongé.

Rubis, sa fille, était tout excitée, elle lui sauta au cou sitôt le seuil de la porte franchi.

— Papa, z'ai un nouveau zeu, déclara la fillette de trois ans et demi, en s'accrochant à ses épaules alors qu'il tentait d'ôter ses chaussures, assis sur le rebord de l'escalier dans l'entrée.

— Rubis, allons ! Laisse ton père arriver tranquillement, lui cria sa mère depuis la cuisine.

Une odeur appétissante d'oignons et d'ail se dégageait de la maisonnée, ce qui avant même qu'il entre, avait mis le capitaine en joie. Marine avait préparé un repas thaïlandais, à la française. Pierre s'avança prudemment à trois mètres d'elle, puis s'arrêta et la détailla avec envie, et même un peu de malice. Sa femme était enceinte de huit mois et demi. Ses gestes étaient lents, empotés, mais si romantiques. Son visage était radieux et son sourire diffusait un bonheur rayonnant partout dans la pièce. À présent, ces sentiments puissants suffisaient pleinement à Pierre Bourguignon pour profiter de la vie. Depuis les bras de son père et en distinguant ce ventre arrondi, Rubis commençait à sentir la fin proche d'un amour parental exclusif. Elle serra fort son père de longues minutes avant de demander :

— Comment il va s'appeler mon petit frère ?

— Tu ne veux pas garder la surprise pour le jour

de sa naissance ? Ça ne va plus tarder maintenant.

— Mais papa, moi aussi z'ai le droit de savoir. Ze suis comme vous, moi, z'ai le droit de connaître le secret. Et puis d'abord, ze le répéterai pas.

— Après tout c'est vrai ça, tu as bien le droit d'être dans la confidence toi aussi, confirma sa mère. Tu aurais voulu l'appeler comment toi ?

— Valentin ! Comme mon meilleur copain !

— On avait plutôt pensé à Marceau, dit le père.

— Marceau ? Z'en connais pas de Marceau. C'est bizarre comme prénom.

— Eh bien justement, comme ça il ne risquera pas de se tromper quand quelqu'un l'appellera par son prénom, rétorqua la mère.

— Ah oui, concéda la fillette, sans très bien comprendre l'argument porté par sa maman.

Puis elle fila dans sa chambre en prenant soin de récupérer au passage un bol contenant des *Curly* et des *Monaco* que sa mère avait posé sur la table du salon. Même si Marine n'aimait pas trop qu'elle mange dans sa chambre, une fois n'était pas coutume, elle la laissa faire. Il ne fallait pas toujours interdire et savoir parfois aussi les mettre à l'épreuve de cette confiance donnée.

— Tu ne m'en mets pas partout des *Curly*, avisa-t-elle. Tu es grande maintenant, je peux compter sur toi ?

— Oui, maman, assura la petite voix.

Rubis allait prendre du galon avec l'arrivée du

bébé. Marine commençait à la sensibiliser sur son nouveau statut de grande sœur.

Une demi-heure plus tard, le repas avait été savouré avec délectation. Après un temps calme, la fillette s'était endormie en regardant les images de son livre préféré. Le couple Bourguignon avait également gagné sa chambre pour une soirée sans télévision. Ce rituel, c'était aussi d'un commun accord qu'ils l'avaient instauré, depuis l'arrivée de Rubis. Ils voulaient prendre du temps pour reposer leur esprit, lire des magazines ou un roman, et surtout, lorsque Rubis dormait à poings fermés, passer du temps savamment imbriqués l'un dans l'autre.

Le couple dormait depuis deux bonnes heures, lorsque Pierre reçut un appel, au beau milieu de son premier sommeil. Il mit du temps à décrocher et sa femme lui asséna un violent coup de poing dans le ventre pour l'inciter à réagir. Sur l'écran, les mots *Gendarmerie de Saint-Pierre* s'affichaient. Pierre décrocha, tout en s'empressant de sortir de la chambre avant d'adresser la parole à son interlocuteur. Puis il dit, d'une voix rauque et mal assurée :

— Bourguignon à l'appareil.

— Désolé chef, je sais qu'il est tard, mais on a un gros truc qui vient de nous tomber dessus. Un appel d'une riveraine de la place Camille Mémain à Saint-Pierre. La vieille nous a signalé que des individus ont pénétré à l'intérieur de la Lanterne des morts. C'est à cause des coups, qu'elle nous a dit. Elle braillait au téléphone qu'elle entendait comme si on tapait avec une masse à l'intérieur du monument. Elle a dit que ça faisait au moins dix minutes que ça durait, sinon plus. C'est son mari – il est insomniaque – en sortie avec le chien, qui a vu un type s'introduire par la porte haute de la tour. Et ensuite, il y a eu les « boums ». Mais comme personne n'habite les maisons alentour, c'était pas censé attirer l'attention de qui que ce soit.

— La Lanterne des morts ? C'est cette grande tour sur la place derrière la rue piétonne ? Il s'agit d'une très ancienne construction ?

— Oui, c'est ancien, pour sûr ! Je crois qu'il y a un rapport avec l'emplacement d'un ancien cimetière sous le glacis de la place actuelle. Un truc comme ça !

— Merci de m'avoir prévenu, j'enfile un vêtement et je vous y rejoins. À propos, nul besoin de te dire de ne pas t'y rendre seul, allez-y à plusieurs et lourdement armés. C'est peut-être dangereux. Faites vite surtout, il ne faut pas qu'ils s'échappent ! S'il s'agit bien de ce que je crois, c'est peut-être notre seule chance de leur mettre le grappin dessus.

Pierre raccrocha. Il avait déjà enfilé un pantalon et passé une chemise. Il noua un pull autour de sa taille et ramassa au passage son manteau. Une paire de tennis rapidement passée conviendrait parfaitement. Puis il claqua la porte, sans prévenir sa femme. Marine avait l'habitude, elle ne lui en tiendrait pas rigueur. Cela faisait partie des petits désagréments du métier.

Douze minutes plus tard, après avoir traversé l'île à toute berzingue, grillant les feux rouges, le gyrophare dispensant son encre bleue aveuglante sur les abords de la route, l'officier débarqua enfin dans le centre-ville de Saint-Pierre, en passant par les contours extérieurs. De cette manière, il arriva directement sur la place en question. Il gara son véhicule. L'endroit était désert. Devant lui, trois véhicules de gendarmerie encerclaient le monument dans un silence religieux.

Planqué sur le flanc de sa voiture, Mourad lui fit un signe de la main, lui conseillant de s'approcher tout en restant baissé le plus possible. Alors qu'il traversait la zone pour le rejoindre, une détonation résonna aux quatre coins de la place et une balle siffla à ses oreilles. Bourguignon fit une roulade au sol qui l'amena directement aux pieds de l'adjudant Mourad.

— Putain, mais c'est qu'il nous tire dessus cet enfoiré !

— Oui chef, il y a même deux individus ! Ils sont retranchés dans le monument, ou plutôt piégés dans la tour... Nous les avons sommés de se rendre, mais ils nous ont répondu en nous tirant dessus. On attendait vos ordres pour procéder à l'interpellation.

Bourguignon écarquilla les yeux. Il avait un peu l'impression de nager dans un mauvais rêve, pas tout à fait réveillé, mais pourtant sur place, en chair et en os. Plus loin dans le quartier, ils entendaient le crissement des volets des maisons habitées qui s'ouvraient. Mais au troisième coup de feu tiré en direction des véhicules de gendarmerie, tels des bernard-l'ermite dans leurs coquilles, tous les volets se refermèrent à la volée.

Quelques minutes furent nécessaires à Pierre pour entrevoir à quoi allait ressembler cette scène d'ici quelques heures, si le problème n'était pas résolu rapidement. Bientôt il devrait en référer à ses supérieurs. Ces derniers mobiliseraient alors les hommes du GIGN ou d'un service d'intervention spécialisé, situé à proximité sur le territoire. Et puis on lancerait l'assaut, avec au final, deux individus neutralisés dans le monument, mais morts !

— On a un mégaphone ? aboya le capitaine à Jean-Claude, littéralement allongé sous le véhicule.

— Oui bien sûr, c'est comme ça qu'on a tenté de communiquer avec eux !

— Passe-le-moi, s'il te plaît.

Jean-Claude fit une légère moue, se releva non sans faire preuve d'une grande prudence et ouvrit la portière de la voiture pour s'emparer du mégaphone et le tendre à son supérieur.

— Ici le capitaine Bourguignon, de la gendarmerie de Saint-Pierre. Voilà, je vous fais un rapide topo de ce qui va se passer si vous ne vous rendez pas très rapidement. Les forces spéciales vont débarquer et vous déloger de votre planque, *manu militari.* Et je peux vous assurer qu'ils ne vont pas faire dans la dentelle ! Ils ne vont pas faire le voyage à vide si vous voyez ce que je veux dire. Eux, ils ne font pas la distinction entre de simples cambrioleurs ou de violents criminels. Vous êtes armés et vous avez tiré sur les forces de l'ordre, alors ils n'hésiteront pas un instant à vous loger une balle entre les deux yeux.

Aucune réponse du côté de la tourelle. Bourguignon reprit son argumentation :

— À l'heure actuelle, qu'est-ce qui se passe ? Vous êtes entrés illégalement dans un monument officiel, bon certes vous avez tiré sur des représentants de l'ordre, mais je suis prêt à oublier ce petit détail si vous jetez vos armes immédiatement. Sortez maintenant de votre planque, les mains en l'air, et tout rentrera dans l'ordre ! Vous avez encore le choix ; vous rendre ou mourir cette nuit. Je vous laisse cinq minutes pour me communiquer votre réponse. Passé ce délai, je devrais en référer à ma hiérarchie et demander l'intervention du GIGN.

Bourguignon n'eut même pas besoin d'attendre la fin de son ultimatum. Depuis leurs véhicules, les gendarmes entendirent des bruits métalliques ; les armes des contrevenants avaient rebondi sur le sol. Puis lorsque l'un des gendarmes orienta le faisceau de sa lampe torche en direction du monument, il vit des mains s'agiter confirmant qu'ils se rendaient.

— On dirait que tes arguments ont fait mouche, salua Jean-Claude, à l'attention de son chef.

Très vite, les gendarmes convergèrent vers le lieu où s'étaient réfugiés les pilleurs de tombe. Un képi ramassa avec précaution un pistolet tandis qu'un autre s'occupait du fusil de chasse inerte sur l'enrobé de la place. Deux gendarmes rapprochèrent l'échelle qui avait servi aux cambrioleurs pour investir l'intérieur du fameux monument et qu'ils avaient eu la bonne idée de retirer pour prévenir toute fuite des contrevenants.

En effet, l'édifice était une tour d'environ vingt-trois mètres de haut, située sur une place du centre-ville de Saint-Pierre, au milieu de ce qui était auparavant un cimetière paroissial. Édifiée au XIIe siècle, l'imposante tour octogonale de style gothique était la plus haute construction de ce type en France. Dans sa partie sommitale, elle accueillait à ses origines un lanternon qui dispensait une lumière commémorant l'âme des disparus, tout en mettant en garde les vivants sur la précarité de leur existence. Apparemment cet argument avait porté ses fruits dans le cas des deux pilleurs, qui avaient finalement choisi la vie.

Ce site archéologique, classé aux monuments historiques depuis 1986, possédait un tertre massif servant de support à la Lanterne.

L'entrée était autrefois accessible via un escalier

en bois, mais ce dernier avait disparu avec le temps et malgré les restaurations du monument en 1906 et en 1995, l'accès, lui, n'avait jamais été rénové. La porte d'entrée était donc située plusieurs mètres au-dessus du vide.

Lorsque les deux malandrins posèrent le pied à terre, l'officier Bourguignon les attendait pour les cueillir et leur signifier le début de la garde à vue. Ses premiers mots se voulurent rassurants :

— Merci, messieurs, d'avoir pris la sage décision de vous rendre sans faire couler de sang.

Pierre observa la réaction dépitée des deux individus qui lui faisaient face. Le premier était un grand gaillard barbu, le poil propre et bien entretenu, du genre qui payait chaque semaine le barbier du coin pour mettre en valeur cette œuvre d'art dégoulinant sur son torse comme autant de décorations militaires. Bien sûr, l'individu était âgé, la cinquantaine bien tassée, le poivre sel étant la couleur dominante tant sur sa chevelure que sur sa barbe. L'homme arborait un gros tatouage au niveau du cou, que Bourguignon n'eut pas le loisir d'identifier, à cause de la faible luminosité de cette nuit sans lune. Le second cambrioleur paraissait plus jeune ; la quarantaine seulement. Ses yeux bleus perçants étaient sur le qui-vive. À cet instant, Bourguignon pensa qu'il devait la décision rapide de se rendre au plus âgé des deux, car l'autre lui semblait prêt à en découdre. Ses yeux injectés de sang en témoignaient. Même s'il pouvait mettre ce constat sur le fait que c'était vraisemblablement le jeune qui avait dû donner les coups de burin dans l'édifice, ce qui se manifestait chez lui par des rougeurs sur le visage.

Les deux individus ne prirent pas la peine de répondre. Sans un mot, et sur les ordres des gendarmes adjoints, ils pénétrèrent chacun à l'arrière d'un véhicule. Quelques minutes plus tard, après leur départ pour l'hôtel de la brigade et leur cellule douillette, Bourguignon et Jean-Claude débutaient leur inspection des lieux.

Le silence était revenu sur la ville où, rassuré, le voisinage semblait s'être paisiblement rendormi.

Pour le capitaine, il ne faisait aucun doute qu'ils détenaient maintenant deux pièces maîtresses du jeu auquel ils s'étaient attelés en débutant cette enquête. Bourguignon en était intimement persuadé, l'intrusion dans cet édifice du XIIe siècle, en pleine nuit et les bruits de masse en sus, démontraient que cette affaire était liée à celle du tombeau d'Aliénor. De toute manière, dès le lendemain, il se documenterait sur les origines de la construction de la Lanterne des morts. Mais avant la confrontation avec les cambrioleurs, et s'il voulait mettre les meilleures cartes dans son jeu, il lui fallait des éléments probants pour relier ces deux bandits à leur affaire en cours. Bourguignon envoya aussitôt un mail à Valentin qui n'était pas de garde, mais serait opérationnel au bureau dès sept heures le lendemain, pour qu'il accélère ses recherches sur les monuments îliens datant des XIe et XIIe siècles, en particulier le site de la Lanterne des morts. Ensuite, il lui demanda d'activer tous ses réseaux pour la recherche d'identité des deux prévenus. À midi, le lendemain, il procéderait à l'interrogatoire. Il devait réunir le maximum d'informations à charge pour les confondre et surtout les amener à cracher tout ce qu'ils savaient sur la découverte du tombeau d'Aliénor et sur leur probable intrusion dans la chapelle à La Perroche.

En attendant, munis de gants en latex et de deux puissantes lampes torches, les deux gradés grimpèrent à l'échelle jusqu'à atteindre l'entrée du monument dans lequel ils allaient débuter leurs investigations. Pendant que Bourguignon descendait les marches en pierre en direction du tertre, Jean-Claude crut bon de se diriger dans le sens inverse. Il décida de gravir les marches qui menaient en haut de la tour. Question de logique et par acquit de conscience. Même s'il était peu probable qu'il trouve quelque indice de valeur au sommet du monument, la procédure était ainsi faite. Il ne fallait négliger aucune piste. Et puis, l'édifice était si exigu qu'il préféra laisser son chef descendre seul, là où l'activité des malandrins semblait s'être concentrée.

Alors que Tessier entamait sa montée, Bourguignon, parvenu à la hauteur du tertre, s'immobilisa. La salle était petite, cependant il était possible de s'y mouvoir à deux. Par terre, il distingua rapidement deux masses d'un bon poids, ainsi que plusieurs coins et un fendeur à pierre. Les deux hommes avaient bien œuvré, car ils étaient parvenus à ménager une petite ouverture dans la dalle. Ils avaient réussi à desceller une plaque de calcaire blanc, mais selon lui, le trou était encore trop peu large pour leur avoir permis de s'y glisser. Ses collègues étaient donc arrivés à temps.

Au moyen de sa torche, Bourguignon jeta un œil dans l'espace situé sous l'interstice. À une cinquantaine de centimètres du faisceau de sa lampe, l'enquêteur distingua des ossements. Les squelettes s'y entassaient et ainsi montaient presque jusqu'à la dalle scellée. Ceci étant, le capitaine n'avait aucune idée de la hauteur sous plafond qu'il pouvait y avoir. Il pensa même qu'y descendre pouvait constituer un danger réel. Après tout, ces macchabées y étaient stockés depuis des centaines d'années, peut-être plus, il songea qu'ils pourraient donc se désagréger sous son poids et l'ensevelir, comme dans un mauvais rêve.

Y pénétrer attendrait le lendemain, la lumière du jour et surtout l'intervention d'une équipe de gendarmes rompus à ce type d'explorations en milieu périlleux. Pierre fit le tour du propriétaire et ne trouva rien de particulier pouvant le mettre sur la piste du trésor d'Aliénor.

Finalement, la bonne surprise vint de Tessier qui finit par pointer le bout de son nez alors que Bourguignon s'apprêtait à remonter.

— Ce ne serait pas un truc comme ça qu'on chercherait par hasard ? lança-t-il en exhibant un magnifique glaive en or parfaitement ciselé, couvert de pierres précieuses.

Bourguignon expira fort par les narines et envoya des signes de dénégations à son collègue.

— Dingue ! Je me fais chier à descendre au milieu des squelettes et c'est toi qui découvres le pot aux roses en te baladant tranquillement là-haut.

— Ils ont été pris de court, impossible de mieux dissimuler l'objet. Ils ont dû penser qu'on n'irait pas chercher tout en haut. C'était sans compter notre professionnalisme hors pair, jubila Jean-Claude. J'avoue ne pas y être allé en pensant trouver quoi que ce soit. Mais on le sait bien, parfois dans une enquête, il faut pouvoir compter sur une part de chance !

— Ne le crie pas trop fort ! piaffa Pierre.

— Des fois qu'on nous enlèverait encore du personnel, tu veux dire ?

— Ou autre chose dans le genre ! Parfait, notre boulot se termine ici et si tu n'y vois pas d'inconvénients, je vais rentrer retrouver mon lit. Demain s'annonce comme une longue et difficile journée, mais je pense que je vais bien ronronner pour le peu qu'il me reste à dormir.

— À quelle heure du coup demain ? se risqua Jean-Claude telle une supplique.

— Euh, huit heures, ça ira bien ! De toute manière, j'ai laissé des instructions. On ne va quand même pas se lever aussi tôt que le directeur d'Intermarché…

Les deux hommes se saluèrent et Bourguignon regagna son gros cross-over. Le moteur vrombit. Pierre envoya un signe de la main à son acolyte puis fit rugir les chevaux de son moteur. C'est sur les chapeaux de roues qu'il s'extirpa de la ville, puis une fois la campagne gagnée, il alluma son gyrophare, et mit les gaz pour regagner ses pénates.

D'ici peu, les premières lueurs du jour paraîtraient du côté du continent et viendraient réchauffer le plumage des mouettes et des goélands, attendant patiemment comme ils en avaient l'habitude, le retour des chalutiers pour se livrer à un festin de roi.

Chapitre 10

Après ce qu'il faut bien décrire comme une courte nuit, Bourguignon avait finalement rejoint son bureau aux alentours de sept heures trente. À cause de l'excitation due à leur ultime découverte et, toujours sous le choc des balles qui avaient sifflé au-dessus de sa tête, le capitaine n'avait pas réussi à se rendormir sereinement. Dans son cerveau, les différents scénarios de cette enquête s'étaient succédé sans qu'il parvienne à recoller parfaitement les pièces du puzzle.

Il s'était tourné et retourné dans son lit, changé de sens à plusieurs reprises, et même si le sac de ciment[14] qu'il avait porté si longtemps ne s'était pas manifesté ces derniers mois, depuis quelques jours il sentait à nouveau des tensions au niveau de ses cervicales. Les douleurs étaient supportables, mais elles le réveillaient plusieurs fois par nuit, l'empêchant de profiter de bonnes périodes d'un sommeil réparateur.

14. Cf Oléron couleurs pourpres, premier opus des aventures de Bourguignon sur l'île d'Oléron. Allégorie de son mal de dos.

Le capitaine le savait, la fatigue ne se ressentirait pas trop ce matin, c'était le début d'après-midi qu'il redoutait vraiment. N'eût été sa fonction de chef de brigade, il se serait bien octroyé une sieste d'après repas, mais il savait que l'enquête actuelle primait. Il se reposerait suffisamment quand il serait à la retraite !

La mauvaise nouvelle était tombée dès son arrivée à la gendarmerie. Elle avait pris la forme d'un mail dans sa boîte professionnelle. Le Juge n'autorisait pas l'analyse ADN de Mounier-Brégaud. En l'état actuel des preuves, il n'y avait pas le début du moindre faisceau de présomption le concernant dans cette sordide affaire de meurtre. Pour ce qui était de la chapelle et des ossements de la reine, le juge d'instruction ne voyait pas pour quelle raison il devrait autoriser la comparaison de l'ADN du squelette du tombeau avec celui de son prétendu descendant sans l'autorisation de ce dernier. Le reste du message était limpide : (…) *Apportez-moi la preuve que Mounier-Brégaud est impliqué de près ou de loin dans les meurtres ou éventuellement dans la dissimulation de cette chapelle d'intérêt national sur ses terres et je verrai ce que je peux faire.*

La piste Mounier-Brégaud se refermait aussi rapidement qu'elle s'était entr'ouverte.

*

Comme souvent sur l'île entre deux ondées matinales, le soleil donnait à plein. Dans son jardin, en quittant son domicile aux aurores, Bourguignon avait aperçu une compagnie de goélands posée sur les poteaux de sa clôture et de son fil à linge. Leur présence si près n'était pas liée à l'effet du réchauffement climatique, mais plutôt à l'adaptation continue de ces animaux à l'univers des humains. Sans doute que dans quelques décennies, ces oiseaux marins appartenant à la famille des laridés, deviendraient purement et simplement domestiques, au grand dam des pêcheurs, à qui ils étaient censés indiquer la présence en mer de bancs de poissons, les fameuses «chasses» vers lesquelles les bateaux se ruaient à qui mieux mieux, chaque fois qu'ils en détectaient une à l'horizon. Plus encore que sur le littoral continental, à Oléron, nul ne pouvait ignorer qu'il vivait en bord de mer. L'océan et ses manifestations étaient omniprésents et décidaient en grande partie du programme des journées des insulaires.

Il n'y avait finalement qu'à Saint-Pierre, le chef-lieu niché au centre de l'île, que l'on pouvait retrouver un peu l'esprit du continent, même si parfois en quelques minutes il était possible de passer d'un soleil radieux à une puissante averse.

Vers huit heures et quart, depuis son bureau et tout en terminant son troisième café de la matinée, Bourguignon avait fait signe à Valentin de le rejoindre dans son antre. Devant la grimace manifestée par ce dernier, le capitaine avait deviné qu'il n'avait pas terminé le travail de recherche qu'il lui avait commandé.

Il se présenta tout de même dans la pièce qui exhalait une forte odeur de café moulu et accepta aussitôt la tasse fumante de petit noir proposée par son chef, le remercia et déposa un dossier au-dessus des nombreuses piles en attente qui jonchaient le bureau du capitaine.

— Voici mes recherches complètes sur les différents monuments présents sur l'île et dont la construction était achevée à l'époque du règne de Sa Majesté Aliénor d'Aquitaine.

— Alors qu'est-ce que l'on a ? demanda Bourguignon en feuilletant les pages compilées à son attention.

— Au nord de l'île, comme ouvrage d'art, on a le port de Saint-Denis dont la première jetée pourrait remonter au XIIe siècle. Elle permettait d'acheminer plus rapidement le vin de Chassiron vers le port de La Rochelle. Les archéologues ont retrouvé des documents datant de cette époque et évoquant un impôt destiné déjà à la réfection du port. Mais comme vous le savez certainement, ce port, avant sa réhabilitation en 1989 n'a cessé de s'ensabler au cours des siècles. Il aura fallu attendre l'immense chantier de la fin du siècle dernier pour trouver une solution lui permettant de ne plus trop s'ensabler. C'est ainsi la physionomie complète de la grande plage de la Boirie qu'il aura fallu repenser. Vous voyez la pointe située entre Saint-Denis et La Brée ?

— Oui, bien sûr.

— Eh bien, il y a trente ans, elle n'existait pas. Elle a été créée de toute pièce par d'énormes machines, puis le temps à fait son œuvre, et peu à peu, le sable s'est déposé dans sa partie sud, du côté de La Brée. Malgré tout, dans l'anse, des pelleteuses viennent régulièrement retirer les sédiments qui se déposent dans l'entrée du port. Finalement, le sable a recouvert une grande partie de l'estran autrefois rocheux, si bien que certains crustacés et des mollusques comme les bigorneaux ont quasiment disparu.

— Tout ceci est bien malheureux, mais bon, vous avez quoi d'autre ? Le phare de Chassiron ?

— Eh bien non, vous savez bien que c'est d'ailleurs la raison pour laquelle les Oléronais étaient réputés être de fieffés naufrageurs. À cette époque les phares construits en dur n'étaient pas légion sur notre territoire. Tout au plus tentait-on d'indiquer la présence des terres au moyen de puissants feux, notamment à l'emplacement de ce bout du monde sur l'île. Mais par mauvais temps, les habitants de la côte sauvage trimbalaient derrière eux un âne muni d'un fanal accroché autour du cou. En trompant ainsi les navigateurs qui passaient au large, ils les faisaient s'échouer sur leurs plages pour mettre la main sur ce qu'ils appelaient les *fortunes de mer*.

À cette évocation, le capitaine lui adressa un large sourire et lui demanda d'accélérer son récit, même si à ses moments perdus, il s'avérait être un fin connaisseur de l'histoire de sa région. Ainsi, Valentin ne se fit pas prier et déroula son exposé, car il aimait être précis dans tout ce qu'il faisait.

— OK, donc, il faudra attendre 1685 pour voir l'édification d'une première tour et ce n'est qu'en 1836 qu'une seconde de quarante-six mètres de haut sera érigée. Ce qui fait tout de même de ce phare le second plus ancien de la côte atlantique après celui de Cordouan, que l'on nomme également : *Le roi des phares et le phare des rois.* Vous voyez qu'on n'était pas en retard chez nous pour assurer la sécurité des marins.

— Eh bien, vous en savez des choses Valentin, et tout ça glané sur votre temps de travail. Elle n'est pas belle la vie de gendarme à Saint-Pierre ?

D'un revers de manche, ce dernier balaya la remarque de son chef et continua son exposé.

— Idem pour Antioche. Durant tout le Moyen Âge, le rocher constitue un danger redoutable et redouté de tous les navigateurs, car il est situé sur une route fréquentée par de nombreux navires marchands se rendant à La Rochelle ou à l'embouchure de la Charente. Et jusqu'en 1913, on ne trouva aucun moyen de signaler ce bout d'estran émergeant à marée basse, qui aujourd'hui compte de très nombreuses épaves de bateaux. Une fois, j'ai eu l'occasion de passer à proximité grâce à un ami marin qui m'avait emmené pêcher au large de Chassiron, c'est vrai que l'endroit fait peur. Le mot qui me vient à l'esprit, c'est *lugubre*. Déjà, il y a souvent de grosses déferlantes qui se brisent en arrivant sur l'éperon rocheux, c'est très impressionnant, et ensuite, quand vous voyez ces squelettes de ferraille se détacher de l'estran, ça vous flanque un coup au moral. Quand on pense à toutes les vies qui ont été volées sur ce rocher, ça fait quelque chose !

— Bon, en somme il n'y a pas d'autres monuments datant de l'époque qui nous intéresse dans le nord de l'île ? s'agaça Bourguignon.

— Difficile à dire, je pense bien que certaines constructions individuelles datent de cette époque, puisque cette partie de l'île était peuplée d'autochtones. Par ailleurs, l'église de Saint-Denis a été construite au XIIe siècle et conserve une partie de son décor roman. De plus, son prieuré est mentionné dans une charte de 1047 où l'on apprend sa donation à l'abbaye aux Dames de Saintes par Geoffroy Martel, comte d'Anjou, alors maître de la Saintonge.

Bourguignon compulsa plusieurs pages et se rendit compte qu'un nombre important de constructions datait de l'époque d'Aliénor d'Aquitaine. Dans une moue qui voulait en dire long, il finit par statuer :

— À en croire vos recherches, il reste encore

une liste conséquente de constructions d'intérêt datant des XIe et XIIe siècles. C'est pas ça qui va restreindre ni orienter nos recherches.

— Et comme je vous le faisais remarquer, je n'ai pas encore tout répertorié.

— Soit ! De toute manière, puisque nous avons récupéré le glaive cette nuit et que nous avons coffré deux individus, peut-être que leur interrogatoire permettra de lever les zones d'ombre autour de cette affaire et de résoudre enfin notre enquête pour meurtre. Après tout, la recherche du trésor d'Aliénor n'est pas notre objectif principal, et d'ailleurs elle n'a jamais été de notre ressort. Nous avons d'autres chats à fouetter ! Tant que l'élucidation du mystère devait nous conduire à mettre la main sur les meurtriers, retrouver le trésor avant eux était une priorité. S'il s'avère que les deux gardés à vue sont bien les responsables de ce meurtre, alors laissons aux historiens et aux autres le soin de poursuivre la recherche de ce prétendu trésor.

— Vous avez parfaitement raison, et je ne peux qu'abonder dans votre sens, déclara Valentin soulagé que son chef entrevoie les choses dorénavant sous un angle nouveau.

— Et la fouille du tertre dans la Lanterne, ça donne quoi ?

— Chef, il est tôt, l'équipe est à pied d'œuvre. Ils nous tiendront informés de leurs découvertes le moment venu.

— Bon parfait, et dites-moi Valentin, veuillez poursuivre l'inventaire des sites romans sur l'île, au cas où nos certitudes actuelles seraient balayées par l'interrogatoire à venir. Dans cette affaire, il faut s'attendre à tout !

Lorsque son subalterne fut sorti, Bourguignon prit en main le glaive et l'ausculta sous tous les angles. Au moyen d'une loupe, il inspecta l'arme longuement avant de prendre son téléphone et de composer le numéro de son adjoint.

— Allô. Jean-Claude ? T'es où ?

— …

— Pas de problème, je ne t'appelle pas pour ça, je veux juste te demander de m'amener les spécialistes au bureau. J'aimerais avoir leur point de vue sur le glaive que ta sagesse et ta perspicacité t'ont fait découvrir cette nuit. Leur compétence dans le domaine nous sera utile pour comprendre ce à quoi nous avons affaire.

— …

— Bien, je vous attends.

Dix minutes plus tard, la petite équipe, Tessier en tête suivi de près par Martine et Joël, pénétrait dans le bureau du capitaine.

— Bien le bonjour, ânonna Joël à son attention, pendant que les deux autres acquiesçaient dans un mouvement de tête. Alors ? À ce que nous a dit le major Tessier, vous n'avez pas beaucoup dormi cette nuit ?

— En effet, confirma Bourguignon, mais pour une fois, ce n'était pas en vain. Par je ne sais quelle foutue chance, nous avons peut-être mis la main sur nos pilleurs de tombeau. J'avoue qu'un tel scénario n'est pas courant dans notre métier.

— Alors comme ça, les pilleurs se sont retrouvés coincés dans la Lanterne des morts ?

— Disons qu'ils n'ont pas été très discrets. J'ai pas mal de questions à leur poser à ce sujet, car plusieurs éléments me laissent circonspect. Mais maintenant que vous êtes là – Jean-Claude, sers-leur un petit café s'il te plaît sans vouloir te commander – voici l'objet de tous nos efforts depuis plusieurs jours : Le glaive, leur présenta-t-il fièrement, telle une offrande.

— Magnifique, lança Martine en s'approchant.

Elle s'empara de l'objet et le porta sous la lumière d'une lampe accrochée au bureau de Bourguignon. Elle alluma l'ampoule et commença à inspecter avec minutie l'objet précieux.

Si dès le départ son attention se focalisa sur l'inscription en latin présente sur le haut du tranchant de l'épée, la belle quinquagénaire dévisagea le capitaine, ouvrit de grands yeux et décréta :

— C'est une blague ?

Devant ses yeux éberlués, Bourguignon ne savait trop quoi penser.

— Comment ça une blague ? Non, c'est le glaive que mon collègue Jean-Claude a découvert au sommet de la Lanterne des morts.

Assis à ses côtés, Tessier faisait déjà grise mine. Son heure de gloire était passée aussi vite qu'elle était survenue. Trop beau pour être vrai ! C'était encore lui qu'on allait rendre responsable s'il y avait un poil de couille dans le potage.

— Eh bien sacrebleu, parlez ! Au lieu de nous regarder comme si nous étions des demeurés, souffla Pierre, à nouveau agacé.

— Non, enfin, je suis désolée, mais je veux dire par là que ce glaive ne doit pas être celui que nous recherchons. Il s'agit d'une jolie imitation certes, mais il a été élaboré récemment, à l'aide de machines qui n'existaient pas au Moyen Âge, sans doute au cours du siècle dernier. D'où ma surprise ! Soit cet objet est une vaste fumisterie, soit il y a un sens caché à cette mise en scène, proposa l'experte en forensique.

Et Tessier de valider :

— Je me disais bien aussi que toute cette histoire avait été trop simple à résoudre. Vu le pétrin dans lequel nous marinions et l'impasse dans laquelle nous nous trouvions, faute d'indices nouveaux à exploiter…

— Bon, et alors quoi, fulmina Bourguignon. Ça ne veut pas dire que nos deux pilleurs ne sont pas liés à la découverte du tombeau d'Aliénor ni au meurtre d'Yves Desplanques ?

— En effet, peut-être, la première des choses

à démêler est de savoir dans quel lieu ces individus ont trouvé cet objet. S'il s'agit du fameux glaive qu'on était censé trouver à La Perroche, alors peut-être devrions-nous discuter avec son propriétaire pour savoir s'il connaît ce glaive et s'il faisait partie des objets dérobés lors du vol avec effraction au prieuré.

— Vous êtes une professionnelle, selon vous, est-ce que cette imitation pourrait facilement tromper des individus qui n'auraient pas votre profil ?

— En observant la patine de l'objet, on peut aisément imaginer que pour un œil profane l'illusion joue à plein. Un certain temps seulement. Il aurait suffi de le montrer à un collectionneur, un antiquaire ou un marchand d'art, pour que la supercherie soit révélée.

— En conclusion, nos voleurs ne sont pas des spécialistes du pillage de tombes tel que nous l'augurions. Et puis d'abord, cette indication sur le glaive, pouvez-vous nous dire ce qu'elle signifie ?

Alors Martine lut à voix haute :

— *Sub flamma ubi qui fuerunt jacent, in lucem veritas saliet.*

— À la vôtre, ne put s'empêcher de tousser Tessier.

— Mais encore, demanda Bourguignon ?

— En substance, ça signifie : Sous la flamme où reposent ceux qui ont été, la vérité en pleine lumière jaillira.

— OK, ceux qui ont été, donc les morts, la flamme et la lumière, bon bah pas compliqué, sans hésitation je dirais que ça évoque la Lanterne des morts.

— D'accord, réfléchit Joël, mais sans l'intervention de cette nuit sur ce site, l'auriez-vous trouvée si simplement ?

— Allez savoir. L'énigme ne me paraît pas plus compliquée que cela…

— Eh bien voyez-vous, moi c'est ça qui m'interpelle ! Excusez-moi, ce que je vais dire va vous choquer, mais si même des gendarmes sans aucune connaissance historique parviennent à décrypter cette énigme, alors à quoi bon s'embêter à en concevoir une ?

Devant les mines inquiètes et passablement énervées des deux flics, l'historien poursuivit :

— Comprenez-moi, précisa-t-il, l'idée c'était que ce fabuleux trésor, il fallait un peu le mériter. Imaginez, ce secret est resté inviolé depuis des centaines d'années et là, on nous sort une énigme que deux gendarmes avec Bac+2 sont capables de résoudre en deux temps trois mouvements. Une fois encore, je n'ai rien contre vous, ni contre les Bac+2, mais là sincèrement, ce n'est pas crédible. Il y a un truc qui cloche.

— Vous avez parfaitement raison, acquiesça Bourguignon, qui ne paraissait pas plus vexé que cela par les propos de son partenaire, avant de reprendre, en adoptant une posture conquérante :

— Il est temps d'en apprendre plus en interrogeant nos deux prévenus. Nous allons y procéder avec Tessier, mais j'aimerais bien que vous vous teniez dans la salle d'à côté, celle avec une vitre sans tain. Certaines de leurs déclarations pourraient soulever de votre part quelques interrogations complémentaires. N'hésitez pas à m'envoyer un SMS avec votre question pour que je demande des précisions à nos deux pilleurs. Vous avez mon numéro ?

— Non, donnez-le-moi.

Après avoir récupéré le numéro, les deux historiens-archéologues s'installèrent dans la pièce voisine, comme au spectacle.

Dans la salle d'interrogatoire, les suspects attendaient l'arrivée des enquêteurs. Le moment de vérité se précisait.

Entre-temps, une information capitale était tombée sur le mail du capitaine, visiblement satisfait d'apprendre que les ossements du tombeau, étaient, en toute vraisemblance bien ceux d'Aliénor d'Aquitaine. La datation par des spécialistes validait cette hypothèse, ainsi qu'un certain nombre d'éléments connus des historiens et qui corrélaient parfaitement cette identification. Il s'agissait de l'élargissement du bassin dû aux naissances a priori attribuées à la reine, la présence de certaines blessures reçues au cours de ses nombreux voyages, notamment celui en Orient. De plus, la composition des os liée au régime alimentaire à base de nombreuses épices, rares à l'époque, et dont on la savait très friande, indiquait le squelette d'une reine plus sûrement que celui d'une suivante. Les scientifiques ne rentraient pas dans les détails, mais Bourguignon n'en avait cure. L'important c'était que pour les autorités, le tombeau emmuré dans cette chapelle depuis des lustres était bien celui de la grande Aliénor d'Aquitaine.

Alors qu'il s'apprêtait à pénétrer dans la salle d'interrogatoire, le capitaine jeta un œil sur le cadre accroché au mur juste à l'entrée, et dans lequel, tel un miroir, il distingua un grand sourire : le sien. Les bonnes nouvelles étaient rares dans ce métier. Il fallait s'en réjouir chaque fois que possible et profiter du moment présent. Telle était sa devise depuis qu'il avait rencontré Marine quelques années plus tôt. Enfin, plus précisément lorsqu'il s'était mis en couple avec elle à la fin d'une enquête éprouvante qui l'avait conduit dans les milieux sordides de la prostitution sur l'île.

Chapitre 11

Face à la porte, et juste avant d'entrer dans la salle d'interrogatoire, Bourguignon stoppa net Tessier dans son élan.

— Tu sais qu'on n'a pas grand-chose à leur mettre sur le dos à ces deux *zozos* ? En dehors du flag' pour destruction de bien public et coups de feu sur les forces de l'ordre, on n'a rien qui les relie au meurtre de Desplanques. Quant au glaive, rien ne prouve catégoriquement qu'il s'agisse de celui qui a été volé chez Mounier-Brégaud. D'ailleurs ce dernier n'a porté plainte que pour l'effraction, et pas pour le vol, puisque selon lui cet objet n'a jamais existé. Au fait, tu as lu le rapport d'expertise sur le glaive ? Nos gars ont fait un boulot rapide et efficace, expliqua le capitaine.

— Je l'ai reçu en copie dans ma boîte mail. En même temps c'était facile, il n'y avait aucune empreinte visible sur l'arme ! On peut dire que ces deux gusses, sous leur aspect lourdaud, sont plutôt prudents, reconnut Tessier.

— Oui, ils ont dû prendre leurs précautions pour le manipuler. Du reste, ils portaient également des gants de travail en cuir cette nuit quand nous les avons appréhendés, compléta Bourguignon.

— Ce qu'il nous faudrait, ce sont des traces ADN quelque part, afin de relier les affaires entre elles. Mais pour l'instant, ce n'est le cas sur aucun des sites visités par ceux que nous recherchons.

— Enfin quoi ! Pas une trace d'ADN sur les lieux du crime. Y'a qu'un type qui s'y connaisse vraiment en identité criminelle et judiciaire ou un gars qui aurait vraiment bien préparé son coup pour faire aussi propre !

— Tu oublies que de nos jours on trouve tout sur internet, précisa Tessier en haussant les épaules. Tu tapes comment bien nettoyer une scène de crime, et tu as cinquante occurrences…

Tessier regarda Bourguignon dans le blanc des yeux :

— Bon, on ne va pas partir défaitistes. Sait-on jamais, ils auront peut-être quelque chose à nous apprendre ces deux-là. On n'a pas grand-chose, mais le fait de les avoir pris en flag les met dans une situation délicate. S'ils veulent s'en tirer à moindres frais, faudra qu'ils crachent un peu au baquet.

— Hum ! Puisses-tu dire vrai.

Les gendarmes entrèrent dans la pièce, où une forte odeur de transpiration les prit aussitôt à la gorge. Il faut dire que cela faisait maintenant vingt minutes que les deux prévenus avaient été transférés de leur cellule préventive à la salle d'interrogatoire, et surtout plus de quinze heures, qu'ils n'avaient pas pris de douche. Leur petite activité nocturne dans la Lanterne n'avait pas arrangé les choses.

Après une rapide présentation de leur grade, Tessier le leur fit remarquer, avant de débuter les hostilités. Le plus âgé lui répondit simplement :

— En même temps si on sent mauvais, c'est parce qu'on est enfermés dans vos locaux depuis cette nuit et que personne ne nous a proposé de prendre une douche ni de faire une toilette.

— Et puis quoi encore, vous vous croyez à l'hôtel de la Plage ? répliqua fermement Bourguignon. Dois-je vous rappeler que cette nuit vous avez fait usage de vos armes contre les forces de l'ordre et mis à mal les fondations d'un monument classé historique dans notre belle et sereine cité ?

— Ouais, ben on n'a rien détruit, on a juste fait un petit trou dans la dalle. Vous comprenez, c'était juste pour voir c'qui y'avait d'ssous, gémit le plus jeune.

— Espèce de *chancre*[15], on avait dit qu'on fermait nos gueules, en attendant l'arrivée du baveux, t'as déjà oublié ? Merde, tu sais pas tenir ta langue ! T'es vraiment qu'un abruti.

Ce à quoi Bourguignon tempéra posément :

---

15. Crabe commun en patois.

— Ne vous embrouillez pas pour si peu messieurs. De toute manière, pour ce qui est des dommages causés à la Lanterne des morts, vous avez été pris en flagrant délit. Nous avons le témoignage d'une dizaine de propriétaires voisins, qui ont entendu des coups de burin et de marteau dans la tour approximativement entre une heure et deux heures du matin. Si l'on ajoute à cela les tirs d'armes à feu en direction de nos véhicules et accessoirement sur nos petites personnes, je crois que vous êtes bons pour passer devant le juge, sans même avoir besoin d'ouvrir votre bec.

Les deux prévenus baissèrent les yeux et le plus âgé adressa une grimace convenue à son acolyte.

— Alors quoi ? reprit le plus âgé.

— Alors... Nous vous demandons de coopérer et le juge en tiendra compte lors de votre procès, tenta Tessier.

— Vous voulez savoir quoi ? capitula le barbu, d'une voix rauque sortie d'outre-tombe.

— Eh bien si vous commenciez par nous donner vos noms et prénoms ?

— Philippe Marchand, indiqua le plus jeune.

— Robert Tomaseau, se présenta le plus âgé.

— Bien, enchaîna Bourguignon, c'est un bon début. Maintenant pouvez-vous nous dire pour quelle raison vous étiez présents cette nuit dans la Lanterne ?

Les deux hommes se regardèrent. Robert Tomaseau, celui qui apparemment en avait le plus dans la caboche, semblait calculer leurs chances, peser le pour et le contre. Au bout de quelques déhanchés sur sa chaise, et autres mouvements de tête oscillants de la gauche vers la droite, il finit par lâcher :

— OK, après tout, nous n'avons pas grand-chose à nous reprocher, et je crois bien savoir ce qui vous intéresse au plus haut point.

— Ah oui, et quoi donc ? feignit Tessier.

— C'est le meurtre de Desplanques qui vous turlupine, n'est-ce pas ?

— Tiens, tiens, le monde est petit. Alors comme ça vous connaissiez monsieur Yves Desplanques ?

— Ah ça si on le connaissait… coupa Philippe Marchand.

Avant que le jeune n'en dise trop, et surtout du «pas nécessaire», Robert Tomaseau lui posa la main sur le genou en dessous de la table et poursuivit à sa place. Le jeune comprit qu'il risquait de balancer une connerie plus grosse que lui et saisit qu'il fallait laisser parler son copain.

— Yves était avec nous quand on a découvert le tombeau dans la forêt de Saint-Trojan, concéda Tomaseau sans transiger. Pour dire la vérité, c'est même lui qui était à l'origine du plan. À la base, on était simplement des collègues de comptoir. On s'est rencontrés il y a une paire d'années avec Yves et c'est vrai qu'il avait souvent des plans foireux, mais cette fois-ci, on s'était dit qu'il pouvait y avoir un truc à gratter.

— Est-ce que monsieur Desplanques vous a expliqué comment il avait entendu parler de l'emplacement du tombeau ? coupa Bourguignon, décidé plus que tout à faire avancer son enquête.

— À vrai dire, je m'en souviens plus bien, mais ce qui est certain, c'est que ça avait un rapport avec son nouveau job, chez un bourgeois du coin. Il s'occupait du jardin depuis quelques mois. Le gars lui avait proposé un mi-temps payé au prix d'un temps plein. Une aubaine pour Yves, vous pensez bien ! Vous savez, de ce qu'on a pu discuter pendant nos soirées arrosées qui se terminaient souvent tard à La Cotinière ou ailleurs, il avait pas eu beaucoup de chance dans sa vie l'ami Desplanques.

— Ouais, ben p't-être aussi qu'il avait un poil dans la main, notre collègue, ajouta le plus jeune, qui s'empressa de se signer avant d'ajouter :

— Paix à son âme, j'dis ça, c'est parce que c'était pas un saint non plus. Y'a beun quelq' fois où il fallait pas traîner trop tard avec lui, ça se finissait toujours en baston, et on prenait des raclées sans avoir rien demandé.

— T'as raison Philippe, reprit le barbu, mais pour en revenir à nos moutons, quand Yves est venu nous dire qu'il avait un plan pour déterrer un trésor vieux de plusieurs centaines d'années, on s'est pas trop fait prier pour tendre l'oreille. Il nous a pas raconté comment qu'il avait su tout ça, et il ne nous a pas vraiment expliqué où qu'il fallait chercher non plus.

— Ouais, et le problème, c'est qu'son plan, il était pas très précis. On s'est cassé la tête pendant quelq' journées dans la forêt à suivre une sorte de carte qu'il avait chopée je-sais-pas-où chez son patron. Mais putain, on n'est pas des cartographes ! Le savons pas beun' calculer les échelles et tout le charabia.

— Une belle carte, va sans dire, précisa le plus âgé, et elle faisait plus vraie que nature, alors c'est ça qui nous a motivés. Et puis un jour, en creusant, on a fini par le trouver ce tombeau. C'était un truc de dingue. On était en plein milieu de la forêt et vous savez mieux que moi qu'en cette saison, il n'y passe pas grand monde. Surtout là où c'est situé. À part des baignouts qui se perdent, personne ne s'aventure jamais aussi loin dans les bois de ce côté-là. En plus, il se murmure qu'il y aurait des sables mouvants.

— Vous y avez passé beaucoup de temps à creuser, alors vous devez savoir si oui ou non il y en a ?

— Un trésor ?

— Non, des sables mouvants.

Les deux firent un signe de dénégation et poursuivirent leur narration. Il semblait que plus rien ne pouvait dorénavant les arrêter. Plus bavards que des pies. Comme disait la grand-mère de Tessier : *L'aviant le bec qu'arrêtiant pas mieux que le cul d'une cane.*

— Donc un jour, on tombe sur quelque chose

de dur, de bâti en pierres scellées quoi. On était tout excités. C'était l'un des plus beaux instants de ma vie, comme pour la naissance de mon fils, précisa le barbu, la larme à l'œil. Le temps qu'on en dégage un morceau, gros coup de bol, on finit par tomber sur l'entrée. Là, il a encore fallu écoper du sable et consolider un peu tout ça pour rentrer à l'intérieur.

Robert Tomaseau, dont le palpitant recommençait à battre la chamade en se remémorant ces instants précieux, souffla un grand coup, fit pivoter son cou pour faire craquer quelques vertèbres, puis repartit de plus belle :

— Quand on a eu terminé de dégager l'entrée, il commençait à faire nuit, et comme on n'avait pas de lampe, on a décidé de revenir le lendemain pour rentrer. C'était plus prudent. On ne savait pas trop ce qui nous attendait à l'intérieur. C'était peut-être dangereux…

— En laissant le tombeau ainsi sans protection, vous n'avez pas songé que quelqu'un pourrait s'y introduire et vous doubler ? demanda Tessier, soudain étonné d'un tel amateurisme.

Ce qu'il entendait ne collait pas avec l'idée que les deux enquêteurs s'étaient faite des pilleurs à qui ils avaient affaire.

— Bah, à ce moment précis, non, on n'a pas imaginé une seconde que quelqu'un pouvait nous doubler. Franchement, y avait pas âme qui vive dans la forêt quand on a quitté les lieux. Puis il faisait noir, et je vous assure que personne ne se balade en forêt la nuit de ce côté-ci de l'île. Sincèrement, je vous répète, à ce moment-là, on ne pouvait pas se douter de ce qui allait nous arriver le lendemain !

— Oui, vous avez raison, c'est le lendemain qui nous intéresse. Alors, non de non ! Que s'est-il passé le jour suivant ?

— Alors le lendemain, c'était un mardi, je crois, on revient tous les trois sur le site. Il faisait beau, le temps était parfait. On avait prévu des lampes torches pour rentrer dans le trou. Des cordes aussi, et plein d'autres trucs, comme des gants, et même qu'Yves, il nous avait apporté des charlottes d'infirmière pour pas qu'on laisse nos cheveux. C'est qu'il avait réfléchi dans la nuit le Yves. Il nous a dit que l'endroit appartenait – de ce qu'il avait lu chez son patron – à la reine Aliénor d'Aquitaine. Alors il savait qu'à un moment ou à un autre, le site finirait par être découvert par les autorités, et dans ces conditions, il ne voulait pas qu'on puisse faire le lien avec nous. Il nous avait expressément demandé de bien nous frotter au gant de crin le matin même. Pour pas laisser d'ADN qu'il disait ! Et dès qu'on avait été suffisamment avancés dans la forêt, il nous avait fait mettre des survêtements d'infirmiers qu'il avait chopés je-ne-sais-où.

— Le problème, c'est que votre collègue, il ne portait aucun de ces survêtements lorsque nous l'avons découvert mort au milieu de la forêt. Vous m'expliquez ?

— Bah ça, on ne sait pas m'sieur le gendarme, confessa le plus jeune. Quand ce fou nous est tombé dessus, on n'a pas demandé not' reste, on s'est barrés et on n'a pas osé revenir dans le coin tout de suite. C'est l'assassin qui s'en est débarrassé, non ? Faut *crère*.

— Oui, compléta le barbu, quand on est sorti du tombeau, ce matin-là, un type avec un masque de *Scream* – vous savez le film des années 90 qui vous collait la frousse, enfin… un peu ! Le gars, donc, il portait un poncho marron et il nous a courus après, une machette grande comme mon bras à la main, et qui en disait plus qu'un long discours. Je vous assure qu'on n'a pas demandé notre reste. Yves fermait la marche, il avait un problème à la hanche. J'imagine que l'autre l'a rattrapé et... nous connaissons maintenant la suite. Pauvre Yves… baragouina Tomaseau.

— Donc, si je vous suis, au petit matin vous êtes entrés dans le tombeau, et vous y avez passé combien de temps approximativement ?

— Je dirais une demi-heure. On a pris le temps d'en faire le tour complet et on a récupéré un manuscrit déposé dans une sorte de boîte en bois, sur le dessus du tombeau.

— Y'avait aussi des trucs de valeur qu'on a récupérés, précisa le plus jeune, avant qu'un grand coup de pied ne lui parvienne dans le creux poplité et ne lui arrache un cri rauque.

Alors le jeune jeta un regard au plus vieux et ajouta :

— On peut tout rendre à la gendarmerie, à not'[16], tout ce qu'on a pris, pas vrai Robert ?

Bourguignon crut bon, une nouvelle fois, de leur expliquer qu'il se fichait un peu de ces considérations artistiques et historiques, mais que s'ils comptaient restituer les objets dérobés, cela pencherait largement dans la balance en faveur d'une peine moins lourde. Il leur demanda de poursuivre le déroulé des événements de manière plus précise.

— À l'intérieur de la chapelle, on avait terminé. On avait pris des photos des tablettes et des dessins sur les murs. On avait le manuscrit, alors Yves a proposé qu'on reparte chez lui pour analyser ce qu'on avait trouvé. On s'est dit que c'était une bonne idée, et puis il n'y avait pas grand-chose de plus à faire, alors on est sorti par le tunnel.

— Une grosse demi-heure, vous dites entre votre entrée dans le tombeau et votre sortie ?

— Ouais, peut-être quarante minutes, c'est pas évident vous savez, de mesurer le temps. Ça varie pas mal en fonction de ce que vous faites. Et là, notre cœur y battait à plein régime. L'excitation, tout ça, la fouille complète des lieux, rendez-vous compte, on allait peut-être devenir riches !

16. À not' est une interjection très courante en patois qui peut se traduire par maintenant.

— C'est donc à ce moment-là qu'un type s'est jeté sur vous et vous a coursé ?

— Pas exactement. On est sorti tous les trois et on a ouvert une bouteille de champagne qu'Yves avait apportée. Enfin, du mousseux plus précisément, on n'avait pas les moyens de se payer du champ'. Il a fait sauter le bouchon et on a bu à même la bouteille. C'est à ce moment-là qu'on a entendu des bruits plus loin derrière nous, dans les taillis. Là, c'était tout juste à une dizaine de mètres, mima-t-il avec ses mains. On n'a pas vraiment calculé, on a pris nos jambes à not' cou, sans même essayer de comprendre ce qui arrivait. C'était idiot, mais vous savez, quand vous faites quelque chose de pas très légal, et que vous croyez être démasqué, vous paniquez et vous prenez la fuite sans demander votre reste. Comme un réflexe quoi !

— Comme celui d'avoir abandonné votre ami Yves ?

— Hey ! Soyez pas injuste ! On a couru pendant plusieurs minutes sans prendre la peine de se retourner, moi j'étais devant et j'entendais les pas de Philippe derrière moi. Je ne pouvais pas savoir qu'Yves ne nous suivait plus.

— Donc selon vous, le meurtrier, il s'agit d'un homme grand ? Petit ? Costaud ? Comment le décririez-vous ?

— Moyen, plus petit que vous en tous cas, compléta le jeune Philippe, et puis sec comme *ine srique*[17], sa dégaine, c'était celle d'un vieux, mais j'l'ai vu qu'une seconde !

— Pareil pour moi. J'l'ai vu comme ça. C'est vrai que de suite, c'est le masque et le déguisement sur lesquels on s'est focalisé, mais quand je repasse la scène dans ma tête, je dirais que l'individu devait mesurer dans les un mètre soixante-dix et il était plutôt d'une nature assez frêle. Mais à ce stade-là, c'est la machette qui a fait la différence.

À cet instant, Bourguignon prit conscience qu'il avait fait attendre ses collègues historiens dans la pièce d'à côté pour pas grand-chose. L'enquête sur le meurtre prenait une tournure bien différente de ce qu'il avait imaginé, laissant la trame historique au point mort.

S'il s'agissait bien de la vérité, comment le meurtrier présumé avait-il été prévenu de leur intrusion dans la chapelle ? Quelqu'un surveillait-il ce site ? Si oui, comment et surtout pourquoi ?

Restait maintenant à obtenir des informations sur la manière dont les deux suspects avaient procédé pour s'emparer du glaive à La Perroche. En fait, même cette piste n'était plus prioritaire. Mais sait-on jamais, comprendre le mystère dans son ensemble permettrait peut-être de reconstituer peu à peu le puzzle.

Comme il l'avait rappelé à son adjoint Tessier, c'était le meurtre qui les concernait au premier chef.

---

17. Petit crabe tout plat utilisé pour appâter les lignes.

Certes, piller le tombeau était un délit répréhensible, mais il semblait dorénavant que cette partie de l'enquête arrivait à son terme avec les aveux des deux hommes. Aussi, Bourguignon demanda une pause et précisa à son adjoint qu'il l'attendait dans son bureau pour faire un point sur l'enquête.

Quant aux deux pilleurs, le capitaine donna instructions à ses troupes d'organiser la toilette de ces messieurs dans les plus brefs délais, parce qu'il n'en avait pas terminé avec eux. Mais à devoir les cuisiner à nouveau, il souhaitait que cela se fasse dans des conditions optimales, et sans odeurs si possible. Il requit également qu'un repas chaud leur soit servi. Leurs aveux valaient bien ce traitement de faveur.

Toujours soucieux, Bourguignon sortit de la pièce pour rejoindre ses collègues enquêteurs. Il fallait orienter l'interrogatoire de l'après-midi pour tenter d'obtenir le maximum d'informations de la part des deux gardés à vue.

La première des choses que fit le capitaine fut de mandater l'un de ses gendarmes pour qu'il se rende sur le site de la chapelle à Saint-Trojan. D'une part l'agent pourrait le tenir informé des travaux d'aménagement en cours et ensuite, il souhaitait que l'on mène des analyses et des observations complémentaires à l'intérieur. Le but était de tenter de comprendre comment l'homme à la machette avait pu être prévenu de l'irruption des trois autres dans la chapelle sous la dune.

Pendant ce temps, et avant qu'on ne les transfère à la douche, Tessier pria les gardés à vue d'expliquer à ses assesseurs où et comment se procurer le fameux manuscrit trouvé dans la chapelle, arguant que celui-ci s'avérait pour le moins nécessaire à leur enquête.

Les deux hommes collaborèrent sans sourciller et lui donnèrent les clefs d'un atelier situé dans le centre-ville même de Saint-Pierre, et qui appartenait au regretté Yves Desplanques.

Derrière la vitre sans tain, Martine observait avec bienveillance les deux petites frappes qui avaient cru leur heure de gloire arrivée. À cet instant, ils lui firent penser à ces fameux pilleurs d'épaves, les naufrageurs, qui s'emparaient sans vergogne des fortunes de mer déposées sur la plage par l'océan au lendemain de ses colères. Combien de marins à la dérive avaient été retrouvés sur la côte par des pêcheurs en pleine nuit ? Et combien d'entre eux avaient été dépouillés ou assassinés sans autre forme de procès à même l'estran rocheux ? L'île d'Oléron, comme toute la côté atlantique, était une terre tantôt fertile et magique, tantôt impitoyable et en proie aux furies des éléments et des hommes.

Chapitre 12

Il était midi trente, et les estomacs commençaient à crier famine, surtout chez Bourguignon et Tessier qui n'avaient pas beaucoup dormi la nuit précédente.

Le capitaine laissa ses consignes, puis quitta les bureaux pour aller retrouver sa petite famille. L'interrogatoire ne reprendrait pas avant quinze heures, ainsi, peut-être même aurait-il le loisir de s'accorder une courte sieste.

Joël Raynal avait fait signe à ses collègues, indiquant qu'il préférait rentrer à son hôtel. En chemin, il prendrait un petit encas, facture à l'appui bien entendu pour se le faire rembourser en frais professionnels. L'historien avait lié quelques amitiés du côté de la médiathèque, et il ne faisait aucun doute à Martine que ce dernier allait en réalité les rejoindre pour passer un moment convivial en leur compagnie.

Bientôt, il ne resta plus que Jean-Claude et Martine dans la pièce. Un coup d'œil rapidement capté, et Martine acquiesça avant même qu'il n'ait ouvert la bouche.

— Eh bien, Sergent, je crois que c'est le bon moment pour accéder positivement à votre invitation à déjeuner. Vous avez bien un petit restaurant typique et sympathique à me faire découvrir dans le coin ?

— Typique ? Ça je peux. Allons, pourquoi pas. Mais vous savez, les Oléronais ne sont pas des gens très faciles d'accès. Il faut s'en donner de la peine ! L'amitié ici, ça se construit avec le temps, ça se mérite ! Oui, même si le viaduc nous relie au continent depuis 1966, dans l'esprit, ici ça reste une île ! Avec tout ce que ça implique.

— Ne soyez pas pessimiste Jean-Claude, après tout, personnellement, je m'en fiche de lier connaissance avec les autochtones, la personne avec qui j'ai envie de passer un moment, c'est vous. En toute simplicité ! Ce n'était pas ça l'idée, lorsque vous m'avez proposé de vous suivre au restaurant dès le premier soir ?

Un peu gêné par le ton direct employé par la belle scientifique, Tessier sentit l'incarnat lui monter du menton jusqu'au front. Son visage lançait des regards de braise un peu gauches, mais Martine trouva sa gêne et sa maladresse plutôt à son goût. Presque charmants. Il faut dire que depuis l'arrivée de la spécialiste en forensique dans l'équipe, Tessier n'arrivait plus trop à fermer l'œil la nuit. Habituellement, et surtout depuis le départ de sa femme, il s'était un peu enfermé sur lui-même. Il évitait pour ainsi dire les gens, et même ses collègues ne le côtoyaient guère. Il n'était simplement pas dans de bonnes dispositions pour rencontrer quelqu'un. Seulement là, ça lui était tombé dessus sans qu'il s'y attende, ou ne fasse quoi que ce soit pour que cela arrive. Le destin en somme.

Cette femme, si différente de lui, presque à l'opposé de ses manières, de ses petites habitudes et de son caractère parfois nonchalant, lui plaisait. La jolie blonde aux cheveux courts, et à la nuque rasée au sabot de six millimètres, affichait un style moderne et une allure citadine. Il ne lui manquait plus qu'un petit piercing dans le nez ou la lèvre, dans ce monde où porter un tatouage ou un éclat de diamant à la narine, était devenu peu à peu synonyme de normalité.

Jeans et pull en flanelle surmonté d'un cuir, un discret tatouage dépassait d'ailleurs de son cou lorsqu'elle balançait son corps d'un côté puis de l'autre, dans un mouvement réflexe destiné à la détendre, sous les yeux bienveillants de Jean-Claude. Ce côté rebelle l'intriguait fortement et renforçait en lui un désir charnel qui devenait difficile à réfréner. *Mais qui est vraiment Martine ?* se demandait-il. Avec d'un côté, l'image qu'elle renvoyait, celle d'une grosse tête, bardée de diplômes et de l'autre son style rebelle décomplexé, la quinqua ne cessait d'étonner et d'enchanter l'officier.

Martine Dubois était une énigme à part entière, une nouvelle enquête sur laquelle Tessier se pencherait bien à corps perdu et qu'il gérerait avec un grand sens du devoir. Même en dehors de ses heures de bureau, s'il le fallait ! Particulièrement en dehors de ses heures de bureau !

Finalement, Jean-Claude avait opté pour Le Douhet. Ce petit port était connu pour ses restaurants, ses bars à cocktails et ses discothèques dont *Le Moulin*, qui n'existait plus et *Les Écluses*, devenue la dernière boîte de nuit de toute l'île, qui en comptait pourtant une douzaine vingt ans plus tôt. Finalement, celle qui avait résisté n'était pas à proprement parler une véritable boîte de nuit au départ. À une centaine de mètres du *Moulin*, l'une des stars des décennies 80, 90 et 2000 – même s'il avait porté plusieurs noms différents au fil des ans – lui avait longtemps ravi la première place.

*

Le véhicule de Tessier emprunta la route secondaire depuis Saint-Pierre, celle qui passe devant le Poulailler d'Oléron ; un élevage magnifique réputé pour sa viande de qualité supérieure et ses poules parmi les plus belles de l'île. Le célèbre coq Moris, à l'occasion du lancement officiel de la BD portant son nom, n'avait-il pas eu la chance d'y côtoyer une cour composée de ces jolies poulettes rousses, et d'une non moins incroyable, noire, racée et sublime, qui avait fait le bonheur des enfants, le jour de la présentation ?

Puis sur la droite, Tessier indiqua l'aérodrome à sa passagère, lui proposant, lorsque l'enquête serait terminée, de réaliser en sa compagnie un survol de l'île en hélicoptère ou en avion. Passionné, Jean-Claude se révélait être un guide intarissable.

— Déjà, vue d'en bas, l'île est magnifique ! Je pense que si vous avez l'occasion de la parcourir en voiture ou mieux à vélo, vous serez enchantée par ses charmes variés ! Mais de là-haut, je ne vous raconte pas ! C'est encore différent : les couleurs, surtout celles de l'estran à marée basse, les courbes généreuses de sa côte, celles des écluses à poisson ou encore celles que prennent les banches, produit de la géologie depuis des ères lointaines, invitent au voyage. Et que dire des résurgences de sources d'eau douce à Chassiron, des plages intimistes au nord et de ses longues étendues de sable à perte de vue au sud, ou encore de ces chaos de roches à certains endroits, contrastant avec la douceur du sable fin aux Sables Vigniers ?

Cette variété et cette diversité avaient sans doute un peu façonné le caractère même des îliens. Le calme apparent des eaux côté Fort Boyard s'opposait à la puissance de l'océan dans l'Ouest sauvage, balayé par les vents de nord-ouest.

— Cette île est magique et mystérieuse, un peu

comme vous, conclut-il avant de faire une pause dans la discussion qui semblait à sens unique tant le regard pensif et songeur de sa collègue ne quittait pas le bitume.

Peut-être un peu gênée aussi, la dame !

Arrivant à une intersection, alors que Tessier avait mis son clignotant pour tourner à droite, elle lui demanda de poursuivre en direction de Saint-Georges.

— Pourquoi tu veux me faire passer par Saint-Georges ? osa-t-il demander, la tutoyant pour la première fois, après avoir dépassé la route la plus rapide qui aurait dû les conduire au Port du Douhet.

— Eh bien, j'ai vu sur le plan de l'île que ça ne rallongeait pas des masses de passer par là, et j'ai bien envie d'admirer son église. Art roman, ça ne te rappelle rien ?

— Tu veux dire qu'elle a été construite vers le XIIe siècle ?

— Tu te figures bien. J'ai lu qu'il s'agissait même de la plus ancienne église de l'île. Ce n'est pas rien ! Je me dis que si on s'intéresse aux XIe et XIIe siècles et qu'on répertorie les seuls édifices bâtis en pierre et faits pour durer, ça limite un peu les sites, non ?

— Et moi qui pensais qu'on allait oublier le boulot l'espace d'un repas...

— Un déjeuner à midi, moi je n'appelle pas ça un rencart ! Tout au plus un moyen de faire connaissance, tu ne crois pas ?

Décidément, cette Martine était d'un pragmatisme redoutable, *cash* comme on n'en faisait plus. Il faut dire qu'à partir d'un certain âge, ou plutôt d'un certain temps de vie fait d'expériences, les gens ne s'embêtent plus trop à mettre les formes. Martine disait ce qu'elle pensait, et au moins avec elle, Jean-Claude savait sur quel pied danser.

Ils arrivèrent sur le parvis de l'église, et ce n'était pas un vain mot, tant l'espace dégagé s'étalait en longueur jusqu'à l'ancien château de Saint-Georges, aujourd'hui reconverti en maison de retraite. Jean-Claude eut une pensée émue pour cette boulangère du village, dont ses services, après une longue et douloureuse enquête, n'avaient jamais retrouvé la trace depuis sa disparition. Une amère déception pour le gendarme et toute son équipe. Un sentiment d'impuissance l'envahit lorsqu'il passa à proximité du point de vente.

Un petit parking était situé à côté des halles qui abritaient le marché de la ville, face au *Saint-Georges*, la maison de la presse bien nommée. Le véhicule stoppa sa course et les deux enquêteurs avancèrent vers l'entrée de l'église qui paraissait exceptionnellement ouverte ce jour.

— L'église primitive date du XIe siècle, précisa Martine.

Tessier qui avait sorti son téléphone portable compléta la description à partir de ce qu'il dénicha sur internet :

— La nef fut terminée au XIIIe siècle et Aliénor d'Aquitaine – tiens, elle est citée – en fit don à l'abbaye aux Dames de Saintes, qui acheva les travaux. Encore une fois, je lis plus loin qu'aux XVIe et XVIIe siècles, le monument fut pillé à de nombreuses reprises. Comme beaucoup de lieux de culte sur Oléron, à cause des guerres de religion. Vous ne pensez pas que les fameux indices que nous cherchons ont pu être trouvés et vandalisés à cette époque ? poursuivit-il, reprenant machinalement le vouvoiement.

— Je crois que nous en apprendrons un peu plus cet après-midi dans la seconde partie de l'interrogatoire que vous allez mener avec Pierre. Il me tarde de savoir à quel endroit nos deux pilleurs ont découvert cette authentique réplique de glaive.

— Oui, ce qui veut dire aussi que le véritable glaive est toujours, a priori, dans son emplacement originel au prieuré de La Perroche. Mais si l'on veut obtenir une commission rogatoire, il va falloir que nous apportions au juge d'instruction suffisamment d'éléments à charge…

Tout en discutant, les deux enquêteurs cheminaient à l'intérieur de la nef. Ils s'arrêtèrent devant une maquette de navire ex-voto qui les intrigua un temps, puis ils se dirigèrent vers une Vierge à l'Enfant en bois à laquelle était liée une légende d'un prince danois ayant été épargné d'un naufrage. Reconnaissant à Dieu, il avait fait don de cet objet de culte à l'Église.

— Je lis également qu'il y avait en ces lieux un prieuré construit au bas Moyen Âge par les moines qui exploitaient le sel et la vigne.

Martine, qui écoutait, s'étonna également de la clarté de l'église, assez rare pour un monument de cette période, ce à quoi Tessier répondit :

— Comme je l'ai dit, c'est aussi parce qu'elle a été détruite de nombreuses fois au cours de son histoire, peut-être a-t-elle bénéficié des avancées culturelles et techniques des âges plus avancés ?

— Bon, on en a assez vu, décréta Martine Dubois, sa curiosité soudainement rassasiée. Si on allait se sustenter maintenant ?

Comme Tessier n'y voyait rien à redire, ils quittèrent l'édifice non sans en avoir pris quelques photos au moyen de leur téléphone portable. *Sait-on jamais*, avait laissé planer Martine, mystérieuse.

Puis la voiture repartit de plus belle sur les petites routes d'Oléron, souvent chaotiques, pour ne pas employer le terme de "défoncées". C'est peu dire qu'à Oléron les coqs sont rois, quand on voit le nombre de nids-de-poule sur les routes, songeait Teissier alors que le véhicule cahotait sur les chemins de traverse, au milieu des marais, parmi lesquels certains étaient *salants*.

Au terme de leur course, il était déjà treize heures. Par chance, le tavernier encore ouvert les accueillit avec bonhomie. Une tablée semblait proche du dessert, et il n'y avait personne d'autre dans l'établissement. En fait de restaurant, il s'agissait plutôt d'une pizzeria proposant également des crêpes et une carte longue comme un générique de film. Cela n'augurait rien de fabuleux et encore moins du "fait maison", mais au moins, ce restaurateur avait-il le mérite d'être ouvert.

Pendant une heure, les deux collègues purent échanger sur leur parcours respectif, tantôt exceptionnel, tantôt désespérant. Martine lui apprit ainsi qu'elle avait une fille, Angeline, aujourd'hui en faculté d'histoire à l'université de Poitiers. «Les chats ne font pas des chiens» avait-elle susurré, comme une excuse. Elle l'avait eue jeune, à vingt ans. «Un peu tôt sans doute. Je n'étais pas prête à assumer à la fois mes études et mon rôle de mère. Ce sont mes parents qui ont élevé ma fille et je leur en suis infiniment reconnaissante.»

Quant au père, le courageux personnage avait fui aussi vite qu'il avait fait pour entrer dans son lit. En somme, Martine n'avait jamais connu de relations durables et sérieuses dans sa vie. Elle l'assumait pleinement, arguant qu'elle avait voué son existence à son travail. Et qu'en tant que femme, elle n'avait guère eu d'autres choix que de passer à côté de la maternité et de ses joies infinies.

Tessier lui avait expliqué qu'il était un peu dans le même cas. Il n'avait pas vu grandir ses enfants, prisonnier de son sacerdoce de flic, prisonnier aussi parce qu'il l'avait bien voulu. Les gosses, il lui avait avoué, c'était pas vraiment son idée, et encore moins son truc. Il aimait ses enfants, les assumait financièrement, mais son job l'avait tant accaparé qu'il avait fini par devenir sa maîtresse, son amant et sa raison d'être. Son équipe était maintenant sa seule famille, celle qu'il avait choisie, même si au gré des allées et venues et des mutations, celle-ci avait évolué. Il aimait partager son expérience avec les plus jeunes, et surtout il avait vraiment l'impression de servir à quelque chose, d'être utile à son prochain. Devenir gendarme avait réellement donné un sens à sa vie. D'ailleurs, quand il y réfléchissait, qu'aurait-il pu faire d'autre ? Il s'en rendait compte encore plus aujourd'hui et surtout depuis que sa femme était partie rejoindre Bordeaux. Les enfants aussi avaient quitté le cocon familial pour rallier les grandes villes de la région avec les campus qui vont bien. Et là, il avait compris à quel point on est toujours seul dans la vie ! Seul face à soi-même et à ses choix. Dans le cas de Tessier, face aux fantômes qui le hantaient. Car chaque lieu sur Oléron lui rappelait ici un meurtre, là un viol, ou une disparition. Même lorsqu'il allait se baigner, il repensait à ce requin blanc qui avait coûté la vie à ce brave Chailloleau, un marin pêcheur de La Cotinière.

Durant une heure, Jean-Claude et Martine échangèrent, se parlèrent, se ressentirent, éprouvèrent leurs âmes profondes. Et si un passant s'était arrêté à cet instant devant la vitrine de l'établissement, il aurait certainement pensé qu'ils formaient un joli couple, tant les sourires étaient naturels, sensibles, avenants, voire sensuels. Une chose est sûre, le courant passait !

En quittant la pizzeria, Tessier ouvrit la porte à la belle enquêtrice et alors qu'elle passait devant lui, il osa accompagner son mouvement d'une main posée contre le bas de son dos. Un léger effleurement qui électrisa Martine malgré elle. Une rencontre venait de se produire dans ce petit restaurant du Douhet, face aux *Écluses*. Par ailleurs, Tessier avait réussi à apercevoir plus en détail le motif du tatouage dans le cou de la scientifique. Il s'agissait d'une sorte de serpent. Un peu comme celui que l'on trouve sur les caducées. Sûr qu'elle avait du chien la Martine !

Avant que ne sonnent quinze heures, l'équipe au complet était à nouveau réunie dans la salle de conférences pour un briefing avant l'interrogatoire.

Entre-temps, le rapport sur l'inspection du tertre de la Lanterne des morts était tombé. À part des ossements datant de plusieurs centaines d'années, rien d'anormal n'était à signaler. La tour avait été ratissée au peigne fin par une équipe de spécialistes venus tout droit de La Rochelle. Sans résultat. De toute évidence, la Lanterne des morts était un leurre, une fausse piste, et en aucun cas le monument ne contenait d'autres indices et encore moins le fameux trésor.

Chapitre 13

En pénétrant dans la salle d'interrogatoire, Tessier adressa un regard compatissant aux prévenus et se félicita que cet intermède leur ait permis de se requinquer – les traits des deux hommes paraissaient moins tirés – et surtout ils sentaient bon. Certes ils avaient remis leurs vêtements du jour, mais l'odeur du gel douche couvrait celle, mauvaise, des habits.

La perquisition à l'adresse indiquée par les pilleurs, avait permis de récupérer une copie au format A4 de la carte ancienne indiquant l'emplacement de la chapelle d'Aliénor, et surtout le manuscrit, actuellement entre les mains expertes de Joël Raynal et Martine Dubois, en plein travail de traduction dans le bureau de Bourguignon, exceptionnellement mis à leur disposition.

Un avocat siégeait maintenant aux côtés des prévenus, ce qui constituerait probablement un frein dans la révélation de la vérité de la part de ses « clients ».

À sa gauche, Bourguignon paraissait confiant.

La stratégie avait été peaufinée au préalable avec l'équipe et sans perdre un instant, ce fut Tessier qui ouvrit le bal :

— Messieurs, nous avons pu corroborer vos révélations de ce matin. En exécutant des recherches complémentaires suite à vos indications, nos collègues ont repéré à l'intérieur de la chapelle d'Aliénor, un trou usiné à l'aide d'une perceuse et chevillé. Il servait sans doute de support à un petit objet, de type détecteur de mouvement, installé directement au-dessus du corridor d'entrée. Ce qui expliquerait de quelle manière quelqu'un aurait pu être prévenu de votre entrée dans les lieux. On peut en déduire alors que cette personne connaissait le tombeau et s'y rendait à intervalles réguliers pour l'entretenir et veiller à la maintenance du système de surveillance.

Devant les yeux ahuris des pilleurs, Bourguignon prit la parole :

— C'est vous qui êtes entrés les premiers, pouvez-vous nous expliquer, s'il vous plaît, de quelle manière était dissimulé le tunnel d'entrée ?

Le plus âgé se décida à répondre, ayant reçu l'aval du baveux par un hochement de tête.

— Ben, si je me souviens bien, on cherchait cette foutue chapelle depuis plusieurs jours. Et on ne savait pas trop à quoi s'attendre, on pensait juste qu'il fallait chercher du côté des buttes. Comme vous l'avez peut-être vu, là-bas, rien n'est plat. Il y a des dunes partout ! Enfin, c'est un terrain très cahoteux et on se disait aussi que la végétation pouvait avoir repoussé au-dessus du monument abandonné. Vous pensez, depuis le temps que c'était là.

Puis le jeune, pas avare de paroles, compléta :

— Mais en fait, le Desplanques – paix à son âme – y nous avait donné des sortes de tiges en fer de deux mètres et *cheuques*[18], c'était pas évident de s'balader dans la forêt avec ça. Et puis, dans not' sac, on avait aussi une grosse masse pour pouvoir taper sur *c'te* tige. Y nous avait dit de tâter le terrain au plus profond possib' pour voir si on tombait sur un truc en dur.

Tessier le coupa pour lui poser la question, que tous avaient sur les lèvres :

— OK, vous cherchiez le monument dans la forêt, mais comment aviez-vous obtenu ces informations vous conduisant sur cette zone approximative, comme vous dites ?

Les deux pilleurs de tombe se regardèrent comme pour se consulter et finalement, l'ancien se lança :

— Sur ça, c'est Desplanques qu'il aurait fallu interroger, mais le pauv' vieux, il n'est plus là pour *zou* raconter. Ce qui est certain, c'est qu'il travaillait comme jardinier chez un vieux riche à Saint-Trojan. Et c'est au boulot qu'il était tombé sur la carte, en taillant la haie, je crois... Franchement, quand il

18. Et quelques (patois)

nous a présenté le topo, il ne s'est pas étendu sur le comment du pourquoi. Il avait une vieille carte, qu'il nous a montrée pour être certain qu'on allait le suivre dans la combine, et pour nous faire comprendre que son histoire, c'était pas du mytho. Vous comprenez, il avait besoin de nous, car sur la carte, y'avait pas d'échelle ni de lieu précis indiqués. Et puis, les repères qui y étaient mentionnés n'existaient plus de nos jours. Vous pensez bien, huit cents ans après. C'est uniquement pour ça qu'il a fait appel à nous autres. Sans quoi, il se serait bien gardé de partager le bon plan.

Le plus jeune crut bon d'ajouter :

— Ch'suis certain que si vous faites une perquisition chez le Yves, ou tiens, même chez son patron à Saint-Trojan, vous allez retrouver cette foutue carte. Y faut pas être bien futé pour piger que le gars qui nous est tombé d'ssus, c'est l'ancien patron d'Yves. Qui d'autre *pouviant* connaître la chapelle, à part lui ? A-t'y été auditionné pour lui demander ce qu'il sait pour cette carte et ce tombeau ?

— Parfaitement, oui, nous avons auditionné monsieur Mounier-Brégaud. Mais on ne lance pas des accusations comme ça sans preuve. Et il a réfuté avoir connaissance de quoi que ce soit en lien avec cette histoire de tombeau et de chasse au trésor.

— Ben ouais, main'nant, y *zou* sait que vous n'avez rien cont' lui. Il a sans doute effacé toutes les traces au tombeau quand il a compris que son secret était éventé. L'est malin le gars ! Il a sans doute aussi récupéré le détecteur de mouvement sur place.

Tessier et Bourguignon savaient que les deux lascars avaient sans doute raison. Depuis le début, tous les faisceaux de présomption pointaient en direction du notable. Même son nom de famille, sa grande richesse, ses propriétés nombreuses sur l'île le désignaient comme l'homme de la situation. Mounier-Brégaud était certainement le gardien du site et la personne sur laquelle reposaient tous les secrets. Mais comment le faire parler ? Comment savoir de quelle manière l'information avait fuité en direction de Desplanques ? Peu importait en définitive de comprendre comment le jardinier s'était retrouvé en possession d'une telle information, mais force était de constater qu'il avait réussi à mettre la main sur un secret resté préservé depuis plus de huit siècles. Une gageure pour Mounier-Brégaud. Quant au squelette retrouvé à proximité, était-il lui aussi une victime collatérale des descendants d'Aliénor, chargés de conserver ce secret au péril de leur vie ?

Les réponses ne pourraient venir que de Mounier-Brégaud en personne. Et si les gendarmes n'étaient pas en mesure de faire tomber le magnat pour les deux meurtres, car ils n'avaient en l'état aucune preuve de sa culpabilité, restait encore la chasse au trésor. Et c'était par le biais de ce jeu de piste qu'ils pouvaient faire sortir le loup de sa tanière. Ça, les deux enquêteurs oléronais en étaient intimement persuadés.

Il fallait reprendre le jeu de piste là où les malheureux pilleurs avaient échoué. Tessier réorienta donc la discussion sur la chasse au trésor.

— Messieurs, il nous manque, je vous l'avoue, un élément très important pour notre enquête. Il s'agit de l'indice vous ayant menés à la Lanterne des morts. Comment êtes-vous arrivés à cette conclusion qu'il y avait quelque chose à chercher de ce côté-ci ?

— Vous pouvez répondre messieurs, déclara l'avocat commis d'office, et qui souhaitait prendre un peu part aux échanges. Après tout, on l'avait fait venir en express de Rochefort le matin même, et franchement, quitte à être présent, il fallait bien qu'il se montre à la hauteur.

Philippe Marchand chercha dans sa mémoire comme pour se remémorer précisément les faits.

— Ben, on était rentrés à la maison et on a été à Saint-Pierre dans l'atelier du Yves, dans la zone commerciale derrière Gamm' vert. Y disait que c'était un endroit sûr et avec ce qui venait de se passer, on a pensé qu'on y s'rait à l'abri au moins le temps d'nos recherches.

Bourguignon qui trépignait sur son siège le coupa pour accélérer le rythme de l'interrogatoire :

— Comment vous avez fait pour trouver l'indice suivant ? Et à quel endroit avez-vous récupéré le glaive ?

— Le glaive, on l'a trouvé dans la chapelle à La

Perroche. C'est le manuscrit qui *zou* disait. Y fallait suivre les mots en latin écrits sur les tablettes en marbre du tombeau. C'est qu'elles étaient tellement lourdes, qu'on a simplement fait des photos de *chiél-lées*[19] écritures.

— Et comment diable les avez-vous fait traduire ? J'imagine que vous n'aviez pas choisi latin première langue à l'école !

Le ton était un peu cassant, voire méprisant. Du coup, Tessier comprit qu'il était temps d'endosser le rôle du bon flic. Il fixa les deux hommes dans les yeux et reprit la main :

— Vous savez, on n'a pas beaucoup dormi la nuit dernière avec vos idioties. Et on a besoin d'avancer sur cette affaire. Le temps est une donnée importante dans toute enquête et la pression est de plus en plus palpable sur nos épaules. Vous savez, en haut lieu, ils manquent généralement de patience. Si vous n'êtes pour rien dans les histoires des macchabées retrouvés dans la forêt, ils attendent que vous collaboriez pour que l'on puisse mettre un terme à cette enquête. Vous comprenez ?

— Ouais, ça va, on n'est pas que des idiots ! tempêta le jeune Marchand. Ben, pour la traduction, c'est ma mère, elle a fait du latin quand elle était à l'école et elle était plutôt douée ma mère. Elle a toujours été fascinée par les langues mortes, comme qui dirait. Elle adorait m'emmener à la

19. "Ces" pronom possessif en patois. Avec un petit côté péjoratif.

messe quand j'étais drôle et on la disait encore en latin. Je m'rappelle, le curé, on comprenait rien à ce qu'y disait, mais moi, j'm'en fichais pas mal de comprendre ou pas ce qu'y disait le curé, j'étais trop jeune et j'pigeais rien à la religion, comme main'nant. Je m'rappelle juste que j'aimais bien la musique chantée dans la langue de *chiéllés* Romains.

— Donc votre mère assure la traduction et ne vous pose aucune question ?

— Ben si ! Comme toutes les bonnes femmes, *à not'*, elle a bien essayé de *zou* savoir. Faut dire que c'était pas trop dans mes habitudes de lui ramener du latin à la maison. Quand j'étais à l'école, c'était plutôt des heures de colle que je collectionnais. Mais quand j'veux pas, j'veux pas ! J'ai *reu* dit, vous pouvez *m'crère* !

Robert Tomaseau s'empara à ce moment-là de la parole pour en finir. Il était entre ces quatre murs depuis plus d'une douzaine d'heures et il n'avait qu'une hâte, que toute cette affaire se termine, et qu'il puisse rentrer chez lui. L'avocat leur avait expliqué que compte tenu de leurs précédentes déclarations et de leur collaboration active avec la gendarmerie, ils n'écoperaient dans le pire des cas que de quelques mois de prison ferme. Après tout, si ce qu'ils disaient se confirmait, certes ils étaient entrés dans le prieuré de La Perroche par effraction, mais leur action ne faisait actuellement l'objet d'aucune plainte de la part de Mounier-Brégaud, puis dans la Lanterne des morts, où ils avaient commis quelques dégradations, mais là encore, ça ne cassait pas une patte à un canard. Bon, il restait les coups de feu sur les forces de l'ordre...

Enfin, en France de nos jours, il fallait vraiment y aller pour écoper d'un séjour en prison... Même les politiques, convaincus de prises illégales d'intérêts n'effectuaient étrangement jamais leur peine.

Au final, grâce à leur collaboration active, ils pourraient rentrer chez eux le soir même. Puis d'ici quelques mois ou quelques années, ils passeraient devant un juge pour les délits commis. Ils ne s'en tireraient sans doute pas si mal que ça, mais se souviendraient longtemps de cette maudite histoire de trésor.

— Comme le texte en latin disait qu'il fallait chercher un prieuré, nous on en connaissait plusieurs sur l'île, mais en cherchant sur internet, on a vite compris qu'il s'agissait de celui de La Perroche. On savait qu'on ne devait pas perdre de temps, le lendemain de la mort d'Yves, les journaux évoquaient déjà la découverte d'un cadavre dans les bois à Saint-Trojan. On n'était pas fiers, on a décidé de tenter notre va-tout. On est parti à La Perroche de nuit. En passant par la plage, c'est facile, on peut rentrer sans trop de difficulté. Le mur est beaucoup moins haut, plus accessible. Puis, on est rentré par effraction à l'intérieur du prieuré et avec une barre à mine, on a déverrouillé la porte menant à l'église.

Dans notre carnet, il y avait un second indice pour trouver le glaive, ça disait un truc dans le genre : «Sous l'eau consacrée des moines de Saint-Médard, repose le glaive de nos ancêtres. Cherchez l'eau bénite des hommes et vous serez exaucés.»

— Et donc ? s'impatienta une nouvelle fois Bourguignon.

— Bah, on a pensé de suite que ça pouvait être sous le bénitier, pardi ! Alors on l'a observé sous toutes les coutures et on a nettement aperçu une trace de colle entre le bénitier et son socle. On s'est pris la tête pour le desceller.

Tessier, qui revoyait parfaitement la pièce, n'avait absolument pas noté quoi que ce soit d'anormal autour du bénitier. Il fallait qu'il comprenne :

— Et le bénitier, vous avez fait comment après pour le remettre afin que nous n'y voyions que du feu ?

— Bah, c'est mon métier, souligna le jeune Marchand, ch'suis plâtrier. Dans la voiture, j'avais un peu de matos, alors quand on a trouvé le glaive, j'y suis retourné et j'ai tout remis *à poste*[20]. J'ai fait ça propre, comme un pro quoi.

Tessier paraissait réfléchir, puis il prit la parole :

— On parle d'un glaive censé avoir été planqué ici au Moyen Âge. Et vous pensez qu'à l'époque ils utilisaient du plâtre.

— Bah oui chef, c'est mon métier. L'utilisation

20. Remis en place, en patois.

du plâtre a été attestée dès le néolithique. Les Romains l'ont apporté en Gaule au début de notre ère. Donc, au Moyen Âge, le plâtre était utilisé...

— Soit, dit bêtement Tessier, venant d'en prendre pour son grade avec cette remarque.

— Donc vous n'avez pas remarqué si le plâtre pouvait être plus récent que ce que vous croyiez ? prit le relais Bourguignon.

Les deux "archéologues" amateurs se regardèrent d'un air penaud. Ils venaient de comprendre qu'ils s'étaient encore fait rouler par quelqu'un qui souhaitait plus que tout que ce secret reste à jamais tu. Il était donc probable que ce dernier avait bidouillé les indices ou les lieux pour y placer des fausses pistes, et renvoyer les pigeons à dix mètres, comme le dit l'expression consacrée au rugby.

— Mais…, dit Tomaseau, ça voudrait dire qu'on s'est rendus à la Lanterne des morts pour rien ?

— J'en ai bien peur, oui, répondirent en chœur Tessier et Bourguignon. Ce dernier leur expliqua leur récente découverte, à savoir que le glaive n'était qu'une réplique de l'orignal et qu'il devait y en avoir un autre dissimulé quelque part dans la nature, qui conduirait le chercheur sur la bonne voie. Nul doute qu'il faudrait reprendre les investigations du côté de La Perroche. Mais les enquêteurs se demandaient si tout cela servirait bien à quelque chose. Si un individu s'était cassé la tête pour lancer des voleurs sur de fausses pistes, le vrai trésor était-il toujours caché sur Oléron ? Autant de questions auxquelles ils allaient devoir répondre. Pourtant, comme l'avait expliqué Martine, si l'objet était dissimulé depuis des siècles, et qu'il avait résisté aux invasions, aux pillages, et aux destructions subies par le prieuré, la chapelle et ses tours, il était sûrement extrêmement bien planqué ! Il devait être à l'abri d'un chercheur occasionnel, dans un lieu où personne ne penserait à l'y chercher. Comme disait l'adage, pour les *siècles des siècles*.

En tout état de cause, les cinq hommes en avaient fini avec cet interrogatoire. Tout était parfaitement limpide.

Pour Bourguignon, il fallait trouver le moyen de confondre Mounier-Brégaud, et pour le moment, la seule piste exploitable était celle de La Perroche. Si le magna oléronais était bien, comme ils le pensaient, le gardien invisible des lieux, nul doute qu'il ferait tout pour les empêcher de parvenir à leurs fins. Prendrait-il le risque de se découvrir à un moment ou à un autre ?

Les gendarmes saluèrent les pilleurs en herbe et l'avocat puis ils quittèrent la pièce. Les deux Cotinards[21] seraient laissés libres en attendant leur procès. Et s'ils souhaitaient que leur cas soit examiné avec la plus grande complaisance par les juges, ils devraient se tenir à carreau jusqu'à leur date d'audience. Fin de parcours pour eux.

---

21. Les deux pilleurs habitent La Cotinière.

À partir de maintenant, l'aventure allait se jouer entre les gendarmes, leurs experts et le fameux Mounier-Brégaud.

Une nouvelle enquête débutait. Et cette fois-ci, ils se retrouvaient *mano a mano* avec leur adversaire. Tessier pensa qu'une nouvelle fois, Martine et Joël auraient leur partition à jouer pour les aider à avancer dans cette enquête trépidante.

Chapitre 14

Les gendarmes étaient maintenant en possession de tous les éléments pour poursuivre la recherche du trésor promis par les écritures gravées sur les stèles du tombeau. Ils étaient dorénavant en possession du manuscrit arraché au cercueil de la reine par les pilleurs. Ces écrits étaient en réalité composés d'une vingtaine de feuillets épais reliés entre eux par une sorte de corde épaisse. Les bordures étaient rendues illisibles par l'usure du temps, mais la majeure partie du texte restait encore bien identifiable pour les deux spécialistes. En à peine deux heures, ces derniers avaient eu le temps de l'analyser. Ils étaient donc installés face aux deux gradés de la gendarmerie, dans le bureau de Bourguignon où il régnait un désordre permanent en raison des enquêtes mineures mises en suspens le temps de l'Affaire. Ils allaient livrer leurs conclusions.

Martine se leva pour presser le bouton de la lumière. Il faisait sombre, et cette soudaine clarté permit à son visage de rayonner. Tessier pensa aussitôt que l'air d'Oléron était sans doute pour beaucoup dans ce changement soudain. Ses traits étaient moins tirés, sa peau semblait plus satinée, plus lumineuse, et ses yeux renvoyaient une douceur dont ses collègues n'avaient pas pris la mesure jusque-là. Comme tous semblaient attendre qu'elle s'exprimât, elle ne se fit pas prier pour démarrer son analyse :

— Tout d'abord, je vous confirme que ce document est authentique, affirma-t-elle. Je veux dire qu'il date précisément de l'époque où la reine Aliénor a vécu sur l'île. Et ce que je peux vous affirmer, c'est qu'il s'agit d'un document d'une grande rareté et d'une grande valeur. Une chance que nos pilleurs n'en aient pas eu conscience lorsqu'ils l'avaient entre les mains. Un document tel que celui-ci doit en effet valoir une vraie fortune sur le marché de l'art.

Tessier qui se sentait légitime pour la couper, déclara :

— Parfois les hommes cherchent des trésors qui n'existent pas, alors même qu'ils ont sous leurs yeux ou dans leurs mains des objets d'une inestimable valeur…

Martine lui lança un regard taquin, décryptant le sens caché de sa déclaration, puis devant le regard de Bourguignon lui signifiant gentiment d'accoucher de sa révélation, elle se ravisa et poursuivit :

— En fait, vous avez face à vous, ce qui est sans doute le premier exemplaire, l'ébauche peut-être, de ce qui deviendra plus tard les Rôles d'Oléron. Vous savez ce dont nous avons déjà parlé ensemble. Ces lois maritimes qui seront ensuite utilisées comme code maritime dans toute l'Europe…

— Tu as trouvé quoi à l'intérieur ? demanda Tessier curieux d'avancer sur l'affaire.

L'instant d'après, il se rendit compte qu'il venait de la tutoyer devant tout le monde, ce qui sema un léger trouble dans la pièce.

— En fait, c'est un peu technique, répondit la jolie blonde aux yeux bleus. Les articles des Jugements d'Oléron définissent les droits et devoirs des marins, des marchands, des affréteurs ou des capitaines des navires. Ils parlent des bateaux, des différentes manœuvres à bord et de leurs chargements, mais aussi de leur commerce. Ils statuent aussi sur les naufrages et sur ce qu'il advient des cargaisons. Ils traitent du droit des gens de mer et des indemnités dues aux familles endeuillées par la perte d'un marin en activité. Les bases de leur protection sociale sont jetées dans ces pages. C'est tout simplement un code de navigation, comme il existe de nos jours un code de la route à connaître avant de pouvoir passer la conduite. À la différence qu'ici, ça concerne le droit maritime dans toute sa complexité et sous tous ses aspects, humains, financiers, déontologiques… Je ne vais pas vous ennuyer plus avec tout ça. J'imagine que ce qui vous intéresse au plus haut point, c'est de savoir s'il existe des informations concernant le trésor d'Aliénor et notre enquête pour relier la famille Mounier-Brégaud au tombeau de la reine !

— Vous voyez juste Martine, acquiesça Bourguignon, tout en effectuant de petites rotations du bout des doigts, manière de lui signifier qu'il fallait avancer.

— Eh bien en vérité, il n'y a pas grand-chose. La phrase dont vous a parlé Marchand tout à l'heure est extraite d'un article concernant les fortunes de mer. Il raconte comment les Oléronais ont amassé au cours des premiers siècles de notre ère, un joyeux pactole venu de l'océan. De nombreuses maisons sur l'île sont bâties avec du bois récupéré sur les navires échoués. Quant aux cargaisons, il s'agissait surtout de denrées alimentaires, de tonneaux de vin ou de bière anglaise, des tissus, et puis surtout du sel. Vous vous souvenez sans doute de vos cours d'histoire lorsqu'on apprenait la gabelle ?

Face aux haussements d'épaules des uns et des autres, Martine reprit son exposé :

— Il existe de nombreuses légendes autour de naufrages de bateaux transportant de l'or et des objets précieux en provenance du Nouveau Monde. Et pas qu'à Oléron ! Mais ça, c'est plutôt à partir du XVIe siècle et ça se poursuit jusqu'au début du vingtième…

— Ah oui, quand même ! s'exclama Tessier.

— Mais alors, que je comprenne bien. D'où il

proviendrait ce fameux trésor d'Aliénor ?

La spécialiste expliqua que le manuscrit n'apportait pas d'informations à ce sujet. Les deux éléments étaient sans lien. Il leur restait encore des écritures à étudier dans le tombeau de la reine, qui sans doute leur enseigneraient comment s'était constitué ce trésor au fil du temps. Par contre, pour ce qui était du but poursuivi par la reine en amassant ce trésor, Martine pensait avoir un début d'explication grâce aux déchiffrages qu'ils avaient déjà pu effectuer avec Joël :

— Tout d'abord, Aliénor pensait que l'île d'Oléron, elle-même, s'avérait être un lieu sûr pour mettre à l'abri une partie des richesses de son royaume. Il s'agit d'une île et son accès est plus simple à contrôler que n'importe quel point situé sur le continent.

« Un véritable coffre-fort à ciel ouvert », démontra-t-elle, avant d'expliquer ensuite qu'à cette époque, la mer était sous domination anglaise. Son peuple avait regagné la maîtrise de l'Atlantique nord après le début du millénaire qui avait vu déferler les Vikings sur toutes les mers du monde connu de l'époque. « Mais la reine n'avait pas amassé tout ce trésor pour elle-même », avait-elle souligné. Gouverner c'est prévoir. Or, plus qu'une reine, Aliénor était une intendante pour son royaume. Alors que son mari guerroyait et pendant qu'il accumulait les prétendantes autour de lui, Aliénor, elle, entre Poitiers et Londres, régnait sur un territoire immense. Par ailleurs, elle connaissait bien la situation politique en Europe. Elle avait été reine de France avant d'être souveraine d'Angleterre.

«N'oublions pas qu'elle a voyagé sur tout le vieux continent, côtoyé et essaimé sa descendance dans toutes les cours d'Europe», avait fait remarquer Martine.

Elle souligna également que la grande reine connaissait très bien le Proche Orient, grâce à l'épisode de la Croisade au côté de son premier mari, le roi de France, qui l'avait conduite à Antioche et jusqu'aux portes de Damas où son armée avait subi un cuisant échec. «Mais peu importe, car Louis VII était seulement en Orient pour racheter ses péchés...» avait-elle précisé.

Ensuite, Martine raconta : «Que l'unique souhait d'Aliénor était d'amasser suffisamment de richesses pour pouvoir se maintenir sur le trône, elle et surtout ses descendants. On suppose qu'avant 1173, elle continua certainement d'entretenir sa famille "bâtarde" et nous pensons qu'elle effectua plusieurs courts séjours sur l'île d'Oléron. Cependant, entre 1173 et la mort d'Henri II en 1189, elle est maintenue à l'écart du pouvoir et surtout enfermée dans différents châteaux du Royaume. Tout ça pour avoir ourdi un complot avec ses fils visant à renverser son époux. Loin de Poitiers, loin d'Oléron, elle est maintenue à résidence du côté de

Chinon puis à Salisbury en Angleterre. Et pendant ce temps, le trésor continuait de grossir. Même si on sait que par la suite, pour libérer son fils Richard Coeur de Lion, elle a dû débourser une somme plus que conséquente. Une partie des richesses amassées en Oléron aurait-elle été utilisée à cette fin ?» proposa-t-elle.

Le regard de Martine, qui se baladait de l'un à l'autre, se fixa brutalement sur Bourguignon. Ce dernier scrutait sa montre, visiblement impatient d'en terminer avec cette journée.

Après tout, le trésor, s'il existait bel et bien, était resté dissimulé pendant des siècles, il pouvait demeurer caché quelques jours supplémentaires…

— En conclusion, reprit la belle blonde, il n'y a aucune indication de montant ni d'inventaire détaillé du contenu du pactole mis en sécurité par Aliénor et sa filiation oléronaise. Nous avons juste repéré un indice en latin qui figure en commentaire sous une illustration formée d'un rond surmonté d'une croix templière : *Sub monachorum Medardi sacra aqua, majorum gladius jacet. Hominorum benedictam aquam quaerite et exaudiemini.*

«Sous l'eau consacrée des moines de Saint-Médard, repose le glaive de nos ancêtres. Cherchez l'eau bénite des hommes et vous serez exaucés.»

— Au stade où l'on en est, décréta le professeur d'histoire médiévale qui jusque-là avait laissé parler sa consœur, selon moi, il ne fait aucun doute que l'indice que nous cherchons se trouve dans un puits. Pour survivre, les moines avaient forcément recours à une source d'eau potable. Ils ont certainement construit le prieuré à proximité de cette réserve d'eau. Ils connaissaient bien les lieux, les cartes du Moyen Âge le prouvent. Les moines sont à l'origine de l'agencement des marais présents tout autour de La Perroche. Ce sont eux qui ont viabilisé une importante zone autour du prieuré, permettant ainsi aux terres arables de gagner sur les zones humides. Si l'on part du principe qu'à l'époque les clercs et les moines étaient à peu près les seuls lettrés dans le coin, on imagine mal qu'ils aient été assez idiots pour construire un tel édifice sans prendre en compte leur approvisionnement en eau potable. Qu'en pensez-vous ?

— Même constat pour moi, confirma Bourguignon. Depuis le début j'ai cette même intuition. Et le plus curieux, c'est que l'on n'ait pas trouvé trace d'un puits sur place. Et ce n'est certainement pas Mounier-Brégaud qui va nous mettre sur la voie !

— Vous avez raison, avança Martine. Il faut nous rendre à l'évêché pour tenter de retrouver des documents relatifs au prieuré. On devrait pouvoir y trouver des plans datant de l'époque.

— J'ai une meilleure idée, proposa Tessier. Une idée qui va nous faire gagner du temps. J'ai dans mes connaissances quelqu'un qui cherche l'eau, un sourcier si vous préférez. Nous pouvons simplement le contacter, le faire venir et de notre côté obtenir une commission rogatoire pour pénétrer les lieux, qui je vous le rappelle, sont privés.

— Si le juge veut que l'on avance sur les meurtres d'Yves Desplanques et du soldat allemand de la Seconde Guerre mondiale retrouvé sous la dune… Je pense qu'avec nos conclusions d'enquête, il nous accordera le précieux sésame nous permettant de fouiller le site. Et je ne parle même pas du trésor. Dans l'état actuel des finances du pays, un trésor de cette importance serait un luxe pour nos finances publiques.

— Bien, comme vous l'avez compris, il nous reste du pain sur la planche. En premier lieu, il nous faut rédiger le procès-verbal de l'enquête et dresser nos conclusions au stade actuel pour les présenter au juge. Quant à vous, les traductions des stèles vous attendent. Peut-être pourrez-vous y découvrir quelques indices supplémentaires pouvant nous aider à élucider ces mystères.

Toute l'équipe acquiesça, et chacun prit la direction de sa zone personnelle de travail. Les uns dans leur bureau à la gendarmerie, les autres dans les locaux de la médiathèque généreusement mis à disposition par la municipalité.

Pour rendre plus aisés les mouvements des deux historiens, Bourguignon demanda à l'un de ses hommes de se tenir à leur disposition afin de les véhiculer pendant les prochains jours. Assis confortablement sur la chaise de bureau à roulettes, lui, allait sacrifier au rite de la rédaction des fameuses conclusions destinées au juge d'instruction.

Chapitre 15

Deux jours s'étaient écoulés. Malgré le peu d'éléments à charge concernant Mounier-Brégaud, le juge d'instruction, qui s'était officiellement saisi de l'affaire, avait finalement consenti à délivrer une commission rogatoire permettant aux gendarmes d'effectuer la recherche d'un puits dans l'enceinte du prieuré de La Perroche.

Ce document de justice était une petite victoire pour Bourguignon et son équipe. À l'inverse, l'article paru dans le journal *Sud Ouest* la veille, n'était pas trop de nature à réjouir les enquêteurs. En effet, le quotidien avait fait ses gros titres de la découverte du tombeau d'Aliénor et dévoilait au grand public dans ses colonnes, la quasi-totalité de l'affaire. Le pillage du tombeau en lien avec le meurtre récent, le squelette de la Seconde Guerre mondiale, l'épisode de la Lanterne des morts avec l'arrestation des deux pilleurs et une photo en gros plan du glaive retrouvé sous le bénitier de la chapelle à La Perroche, tout y était. Il ne leur manquait plus que les précieux feuillets à l'o des Rôles d'Oléron pour illustrer leur article ! les autorités, il n'était plus temps d'imaginer gard cette affaire confidentielle. Du coup, le parquet avait rendu publics les éléments du dossier pour satisfaire les demandes des médias. Les découvertes historiques actuelles dépassaient de loin l'enquête pour homicide. Le journal l'annonçait d'ailleurs en grande pompe, le Président de la République en personne prévoyait de caser une visite officielle en Charente-Maritime la semaine suivante. Autant dire que la pression sur les épaules des gendarmes allait crescendo pour que l'enquête soit résolue avant la venue d'Emmanuel Macron.

Pour attester de cette réalité présidentielle, depuis le début de la matinée, des hélicoptères de l'armée n'avaient de cesse de tournoyer dans les airs autour de Saint-Trojan. Des militaires de l'opération Sentinelle étaient déjà présents un peu partout sur l'île. Les commerçants étaient contents, toute cette affaire allait propulser Oléron à la Une des médias, et tout ce ramdam s'annonçait bon pour le commerce.

Quant à Mounier-Brégaud, à qui appartenait le terrain sur lequel se trouvait la chapelle, le cabinet de la Présidence l'avait déjà contacté pour qu'il soit de la fameuse visite. Ce n'était guère du goût des gendarmes de Saint-Pierre, mais comme l'avait précisé le juge : «Prenez des gants avec Mounier-Brégaud, tout d'abord ce type a des appuis haut placés un peu partout, et ensuite, nous n'avons rien de concret contre lui, donc pas de vagues… !»

L'affaire prenait donc une tangente dangereuse qui agaçait les enquêteurs.

*

Ce matin-là, à La Perroche, les recherches avaient débuté sous le regard aigri du "prince noir" présent en personne pour ouvrir le prieuré et se mettre à disposition des hommes en bleu.

Étrangement, après quelques minutes pendant lesquelles il avait laissé les gendarmes investir les lieux, le propriétaire s'était approché, un peu amusé par la scène qui se tramait sous ses yeux et par la chorégraphie du sourcier cherchant de l'eau au moyen de sa baguette en bois. Il nargua Tessier :

— C'est une blague, Major, vous me faites déplacer, tout ça pour assister à ce spectacle navrant : un sourcier chez moi ? Vous cherchez quoi exactement ? Peut-être pourrais-je vous être utile. Demandez-moi ?

Ce à quoi Tessier, vexé et passablement énervé, répondit :

— Monsieur Mounier-Brégaud, pardonnez ma franchise, mais si nous en sommes là aujourd'hui, c'est un peu par votre faute. Vous n'avez pas été très collaboratif depuis le début de cette enquête. Et je vous ferai remarquer que vous êtes plutôt efficace pour ce qui est d'entraver nos recherches, ou tout du moins les retarder !

Le vieil homme, un peu surpris du ton pris par le gradé, crut toutefois bon de ne pas en prendre ombrage. Il déclara simplement :

— Je suis à votre disposition, mais si vous ne me dites pas ce que vous cherchez, comment voulez-vous que je vous assiste ?

— Nous cherchons un ancien puits sur votre propriété, monsieur. Vous savez à quel endroit il pourrait se situer ?

Le vieux sourit et ménageant son effet, il fit signe à Tessier de le suivre.

Ensemble, ils pénétrèrent par la porte cochère donnant sur la cour du prieuré. Puis Mounier-Brégaud longea une coursive extérieure située sur sa gauche et enfin s'approcha du muret fortifié extérieur. Là, il commença à tapoter le sol de son pied, sous le regard médusé du sourcier et des gendarmes l'accompagnant à l'autre extrémité du muret en pierre.

Après plusieurs tâtonnements sans résultats, un bruit sourd se fit entendre, un bruit de taule, et Tessier demanda aussitôt à ses adjoints de les rejoindre. Le sourcier était présent lui aussi et sa branche fourchue obliqua directement sous les pieds du propriétaire lorsqu'il parvint à sa hauteur.

D'un sourire, l'ami de Tessier, venu leur prêter

main-forte pour trouver la source, secoua la tête en signe de confirmation. Le puits était bien présent, là juste sous Mounier-Brégaud.

Une heure plus tard, le sol avait été ratissé au-dessus d'une tôle en ferraille épaisse de plusieurs centimètres, mise ici pour condamner l'accès à la margelle, tout en le sécurisant.

Lorsque la plaque fut retirée, un ancien puits fut dévoilé, tout de pierres constitué et qui arasait au niveau du sol de la cour. Au fil des siècles, le sable et la terre avaient envahi les lieux et il fallut dégager le contour du puits sur cinquante centimètres de profondeur pour en observer la margelle magnifiquement ouvragée. Les pierres assemblées en arc de cercle semblaient effectivement très anciennes.

Martine et Joël, appelés à la rescousse pour partager leur expertise, confirmèrent que la construction était très ancienne. Certaines écritures en latin sur les pierres externes permirent d'établir qu'elles dataient probablement du temps des bâtiments conventuels.

Les hommes du capitaine Bourguignon fixèrent solidement un trépied au-dessus du trou afin de permettre à l'un des gendarmes, spécialisé dans les interventions en milieu périlleux, de descendre pour investiguer les lieux. Il devait trouver le glaive authentique qui leur permettrait de reprendre leur chasse au trésor. Alors, qui sait, peut-être pourraient-ils déjouer les plans de leur adversaire, chargé de tenir à distance tous les intrus qui tenteraient de mettre la main sur le trésor d'Aliénor ?

Tessier était radieux, même s'il ne saisissait pas la raison exacte de ce soudain revirement de Mounier-Brégaud. Il s'en était entretenu avec son chef Bourguignon, et ensemble ils étaient parvenus à la même conclusion. Voyant le sourcier en action, ce dernier avait dû sentir qu'il valait mieux prendre les devants et collaborer en les menant lui-même au puits. Ainsi pensait-il qu'on ne pourrait pas lui reprocher son entrave à la justice, le moment venu.

La suite s'avéra être un véritable fiasco pour l'équipe de Bourguignon.

Chapitre 16

Le vendredi, lendemain de l'échec de La Perroche, les gendarmes de Saint-Pierre d'Oléron étaient devant leur poste de TV. Tous paraissaient abattus. Un peu résignés aussi.

La veille, Martine et Jean-Claude avaient dîné ensemble à *La Courtine*, un très bon restaurant du Château d'Oléron, situé sur le port, dans la zone très touristique de la cité. Là, des cabanes aux couleurs chatoyantes se répondaient les unes aux autres, comme sur les devantures des enseignes, restaurants et autres boutiques artisanales. Cet arc-en-ciel avait fait la réputation de ce lieu un peu hors du temps.

Les deux enquêteurs avaient beaucoup parlé, surtout de l'enquête en cours, et finalement assez peu abordé les questions plus personnelles. Ce que regrettait forcément Jean-Claude, qui se réjouissait d'oublier le temps d'une soirée, tout ce qui concernait cette satanée affaire Aliénor. Ainsi donc, le cœur n'y était pas. Faire chou blanc et ne rien trouver dans ce puits avait été vécu comme un affront cuisant. Si l'on ajoutait à cela le sourire narquois de Mounier-Brégaud, qui jubilait de les voir ne rien extirper du fond de ce puits… La journée s'était traînée en longueur, fastidieuse et improductive. Pourtant, au petit matin, l'équipe était certaine de tirer de ce puits ce après quoi elle courait depuis le début de l'enquête. Mais voilà, les gendarmes avaient exploré chaque centimètre carré, et ils n'avaient rien trouvé.

Enfin si, très rapidement, les gendarmes spécialisés avaient détecté une cavité située dans le bâti, à une quinzaine de mètres de profondeur, mais cette dernière était ridiculement nue, vide. Le néant, l'incompréhension. Il était pourtant évident que cette cachette avait été spécifiquement élaborée pour dissimuler un objet, puisqu'un linteau supérieur en grès le préservait de tout éboulement. Vint alors l'heure des conjectures les plus incertaines, les plus folles également.

Réunis autour de Bourguignon près de son véhicule de fonction, chaque membre de l'équipe y était allé de son hypothèse. Pour Tessier, la plus crédible était celle d'un Mounier-Brégaud, qui, en bon prévoyant, avait senti le vent tourner. Malgré son âge avancé, le propriétaire était sans doute descendu dans le puits pour récupérer le glaive. À moins que depuis longtemps, la précieuse arme ne fût déjà plus sur le site de La Perroche. Après tout, si Mounier-Brégaud était le gardien du mystère, quoi de plus simple pour lui que de supprimer les indices. Il resterait ainsi le seul à connaître les précieuses indications conduisant au trésor. Quant à savoir s'il les avait réunies chez lui, ou dans un lieu sécurisé comme une banque, la question était en suspens. C'était bien là le problème. Comment avancer dorénavant ?

La prise d'indices à l'intérieur du puits et dans la cavité n'avait rien donné de concluant. Difficile pour les scientifiques d'affirmer si la cache avait été ouverte ou non ces dernières années, il y a trente ans, ou encore plus longtemps.

Rien. L'enquête était à nouveau au point mort. Et hormis mettre son arme sur la tempe du vieux pour le faire avouer, ce que notre état de droit ne permettait pas, Bourguignon savait que dans cette impasse, cette histoire venait certainement de connaître ses derniers soubresauts.

Affaire classée. Circulez, il n'y avait rien à voir !

Dans sa tête, Tessier se remémorait tous les faits de l'affaire *Aliénor*. Par tous les moyens, il avait tenté de trouver un nouvel angle par lequel ses collègues et lui auraient pu s'engouffrer sur une autre piste.

En ce qui concernait le squelette, classer l'affaire restait la seule chose à faire, car quatre-vingts ans après, trouver le responsable était une gageure, et en plus, ce meurtre était prescrit par le droit français. Par ailleurs, l'assassin en question était sûrement déjà mort, lui aussi. Par contre, Tessier pensait tout à fait crédible d'imaginer que les deux meurtriers puissent appartenir à la même famille, celle des Mounier-Brégaud…

Mais comment le prouver, comment relier les meurtres et le vieux propriétaire ?

Le week-end allait permettre à tout le monde de se reposer.

Tessier avait insisté pour emmener Martine se balader dans la forêt domaniale de Boyardville. Ici encore, même si c'était moins prononcé que sur la côte sauvage, le réchauffement climatique était bien visible sur la plage.

Il expliqua à sa comparse que trente ans auparavant, à marée haute, il restait encore une grande partie de sable sec sur la plage. Aujourd'hui, en été, il n'était plus possible de trouver une place pour étendre sa serviette lors des grands coefficients de marée. L'océan mangeait tout et montait au ras de la dune.

La journée fut agréable, ensoleillée jusque dans les sous-bois qui délivraient leurs enivrantes essences de pins et d'autres fleurs de saison. La température était au diapason de cette lumière retrouvée après un début de printemps assez pluvieux. L'heure était à la quiétude et à la douceur de vivre. Finalement, le soir venu, Martine accepta l'invitation de Tessier à dîner chez lui. Excellent cuistot, Jean-Claude lui avait promis de lui préparer un repas aux petits oignons. La soirée fut belle, calme, et ce soir-là, sous un clair de lune croissante, assis en terrasse à partager un Cognac hors d'âge de chez Favre, la main de Martine avait rejoint celle du gendarme. Il avait fallu que ce soit elle qui fasse le premier pas, mais aussitôt, leurs lèvres s'étaient rejointes. Les heures qui suivirent ne dérogèrent pas à ce bonheur enfin retrouvé. Tel un adolescent, Tessier sentit des zones de son cerveau s'épanouir et s'éveiller comme après une très longue nuit sombre. Des cordes sensibles qu'il ne se souvenait plus avoir explorées depuis longtemps se remirent à vibrer. À tel point qu'il ne pensait plus jamais connaître ces émotions à nouveau, comme reléguées loin, très loin dans un ailleurs qu'il est préférable de cadenasser à double tour, pour ne rien regretter et pour ne pas souffrir. Car l'Amour est une faiblesse. C'est livrer son cœur en pâture à l'autre, qui seul a le pouvoir d'y répondre positivement ou de le réduire à néant.

*

Dans le bureau de Bourguignon flottait une énergie nouvelle en ce lundi matin. Une fenêtre ouverte laissait pénétrer un air neuf et les effluves de l'été qui progressaient un peu plus chaque jour. L'air se chargeait d'odeurs prégnantes. La nature reprenait ses droits, pour exploser en un cocktail diffus et varié.

Quand Tessier entra dans le bureau de son chef, ce dernier lui adressa un sourire immense. Étonnant.

Qu'était-il arrivé ? Bourguignon était-il déjà au courant pour son aventure avec Martine ?

Tessier lui renvoya son sourire, s'approcha de la machine à café, positionna une tasse et choisit un programme expresso avec café puissance max. La machine broya les grains, le bruit fut épouvantable, et Bourguignon sembla patienter pour pouvoir expliquer ce qui lui valait son état d'euphorie.

Un filet d'eau chaude noirâtre coula alors dans la tasse, et il fallut attendre que la dernière goutte ait fini de s'y déposer pour que le capitaine déclare :

— Jean-Claude, tu ne devineras jamais ! On a du nouveau sur l'affaire Aliénor !

— Du nouveau ? Comment c'est possible ? Vas-y accouche.

— Merci, ça fait trois minutes que j'accouche en t'attendant. Nous avons un rendez-vous ce matin à dix heures, à Rochefort.

— Merci de me prévenir, reprocha Tessier en regardant sa montre.

— Il est neuf heures vingt, on n'est pas en retard, et puis la police, c'est nous, alors si on est un peu à la bourre, c'est pas très grave. On dira qu'on avait une urgence, s'esclaffa le chef.

— Et on va faire quoi du côté de Rochefort ?

— On a rendez-vous avec un joaillier. *Durand et Durant*, c'est le nom de l'enseigne.

— Mais encore ? Tu peux m'expliquer ce qu'on va faire chez un joaillier ?

— Notre gars, il s'appelle Durand, j'imagine qu'ils sont deux associés à s'appeler ainsi, avec juste une petite différence dans l'écriture du nom. Enfin j'imagine, soupira Bourguignon. Toujours est-il que ce gars, il a lu l'article dans le *Sud Ouest* la semaine dernière, concernant notre affaire et quand il a aperçu le glaive en médaillon, il s'est souvenu d'un client qui lui avait porté un original il y a quelques années. Selon lui, il s'agirait rigoureusement du même objet. Il dit qu'il y a une petite signature sur la copie qu'il a produite. Nous avons vérifié et c'est bien le cas. Donc, notre gars a bien réalisé cet objet. Autrement dit, nous nous rendons chez lui pour en discuter. Je lui apporte l'objet pour une ultime authentification, mais il n'y a guère de doute.

— OK, c'est plutôt une bonne nouvelle. Pour une fois que les médias nous aident en nous refilant une piste ! Il t'a donné le nom de son client ?

— Non, pas encore, mais j'imagine qu'il attend de nous rencontrer pour nous dire tout ce qu'il sait sur cette copie.

— Eh bien, que faisons-nous encore là ? Allons-y, je vote pour qu'on arrive en avance s'il le faut. Je fais une affaire personnelle de la résolution de cette enquête. J'aime pas trop qu'on se foute de ma gueule et là, ça commence à bien faire.

— Avoue que tu ne tiens guère à ce qu'elle se termine trop rapidement cette mission, ironisa le capitaine.

— Je ne vois pas du tout de quoi tu veux parler, répondit Jean-Claude du tac au tac, des petites rougeurs apparaissant sur ses pommettes.

Le temps de se saisir du glaive conservé dans la salle des scellés, puis de démarrer la voiture, et les deux gradés quittaient Oléron pour rejoindre le continent. Leur route passait immanquablement par le viaduc qui, tempête après tempête, contre vents et marées, et malgré les menaces d'attentats qui avaient pesé sur lui quelques mois auparavant au cours de l'affaire du requin sur Oléron, le vieux pont se tenait toujours debout, plus magistral que jamais. Il symbolisait à lui seul le trait d'union entre la France et l'île.

Quarante minutes plus tard, le véhicule de gendarmerie se garait dans les rues du centre-ville de Rochefort. La joaillerie se trouvait dans une petite impasse à proximité de l'hyper centre, non loin de l'*Hermione* qui reposait dans son port privé près du Centre International de la Mer.

Les deux officiers pénétrèrent dans la boutique et se présentèrent à Durand et Durant. En réalité, Durand était un homme et Durant une femme. Les deux étaient d'ailleurs mari et épouse dans la vie. L'étrangeté de leurs noms très proches les avait conduits à choisir cette enseigne pour leur entreprise.

Après avoir vérifié les identités des gendarmes, ce qui avait surpris les deux officiers pourtant en uniforme, Marc Durand leur expliqua qu'il voulait s'assurer de ne pas violer quelque loi en divulguant des informations sur son client. Ce à quoi les deux représentants de l'ordre lui affirmèrent qu'il n'en était rien.

Après avoir observé longuement et sous tous les angles le glaive qu'il avait façonné jadis de ses mains, le joaillier exposa ce qu'il savait de cette commande particulière :

— Un jour, je m'en souviens bien parce qu'il avait neigé, c'était en hiver, et vous savez, chez nous il ne neige pas souvent… C'était il y a une quinzaine d'années maintenant. Un individu est entré dans ma boutique, il a sorti ce glaive juste sous mes yeux, et il m'a dit : « Vous pensez que vous êtes capable de faire une reproduction à l'identique de cet objet ? ». Après avoir bien étudié le glaive qu'il me présentait, je lui ai répondu que ça ne poserait aucun problème dès lors qu'il ne s'agissait pas de tenter de convaincre un spécialiste que cette copie était un original. Je veux dire, je lui ai affirmé que ça se verrait que ce n'était pas un objet aussi vieux que celui qu'il me présentait. Il m'a confirmé que ça ne lui posait aucun problème. Aussi, nous nous sommes entendus sur un prix, il n'a même pas bataillé et a payé sa commande d'avance, en espèces, avec le souhait qu'aucune facture n'apparaisse dans ma comptabilité. Bien sûr j'ai un peu tiqué, mais voyez-vous, depuis quinze ans, j'avais presque oublié ce détail. Bref, j'espère que je ne serai pas poursuivi par le fisc pour avoir accompli un travail au noir, s'inquiéta Durand.

— Ne vous triturez pas le cerveau, nous ce qui nous intéresse, c'est l'enquête, les services de l'État sont nombreux, chacun son job ! Et puis de toute manière, après quinze années, je crois qu'on ne peut plus vous redresser pour cette histoire ! Enfin je ne suis pas un expert, mais c'est pas nous qui allons vous balancer, soyez-en assuré.

Le joaillier, soudain plus serein, poursuivit :

— Je vous aime bien, déclara-t-il.

Face à l'incompréhension des serviteurs de l'État, lisible sur leur visage, il reprit :

— Regardez ce que j'ai retrouvé pour vous.

Il sortit de dessous son comptoir une photo au format A3 représentant l'original du glaive, et en soulevant les feuillets, les gendarmes virent que le joaillier l'avait pris sous tous les angles.

— Bah oui, pour faire une bonne reproduction, j'avais besoin de photos précises…

Un silence religieux s'installa dans le magasin.

— En fait, le type m'avait laissé l'original et m'avait spécifiquement demandé de ne pas prendre de clichés du glaive, mais moi j'avais envie de conserver une trace de mon travail. Alors j'ai pris en photo le modèle et la réplique. J'avais pensé que ça pourrait me servir pour alimenter mon book et mettre en valeur mes réalisations auprès d'autres clients…

— Encore une fois, c'est pas nous qui allons vous blâmer, insista Tessier. Ces photos sont une bénédiction pour nous. Vous ne pouvez pas savoir combien tout ceci va nous être utile pour faire avancer notre enquête.

— Vous croyez qu'il serait possible de me...

— Oubliez votre nom dans le journal pour le moment. Enfin, après, c'est vous qui voyez avec les journalistes de *Sud Ouest* ou autre, mais je ne vous conseille pas trop de vous exposer médiatiquement tant que cette affaire n'est pas résolue. La ou les personnes que nous recherchons sont dangereuses. Il y a déjà eu des morts ! On marche sur des œufs, alors, si on peut éviter d'exposer tout ça sur la scène publique… Euh… – Bourguignon réfléchit – pour ce qui est du mandataire, du client, vous avez quelque chose le concernant ? Comment serait-il possible de le relier à vous ?

Le joaillier sembla réfléchir une minute, puis se ravisa.

— Vous pensiez à quoi ? demanda Tessier.

— Aux caméras vidéo, mais on ne conserve jamais les archives aussi longtemps. Quinze ans, vous pensez…

— Une vidéo n'est pas nécessaire si vous êtes en mesure de reconnaître formellement l'individu qui vous a commandé la reproduction, affirma Tessier.

— Ah, mais… C'est que je ne suis pas certain de pouvoir identifier ce type, quinze ans après.

Bourguignon extirpa une photo de son porte-vues, qu'il tendit à Durand. Ce dernier s'en saisit et l'observa à la lumière de la lampe trônant sur son comptoir.

— Oui, c'est possible. Peut-être, je ne sais pas.

Dans la tête de Bourguignon, les idées fusaient.

— Ce qu'on va faire, expliqua-t-il, c'est qu'on va déjà prendre ces photos de l'original et on va tenter, à partir des indications présentes dessus, de faire avancer nos recherches. Vous allez conserver cette photo du type, et le moment venu, je vous passerai un coup de fil pour savoir si la mémoire vous est revenue. S'il s'avère que nos doutes sont fondés et que cette personne sur la photo est bien l'homme qui vous a commandé cette copie, alors il faudra, en votre âme et conscience, en attester formellement devant nos services. C'est la seule solution qui nous permettra d'obtenir une commission rogatoire du juge et procéder ainsi à une perquisition en règle chez le principal suspect. Vous comprenez l'importance de votre témoignage ? demanda Bourguignon.

— Je saisis parfaitement. Mais qu'est-ce que j'y gagne moi à courir le risque d'identifier ce gars ?

— Le sentiment d'avoir accompli votre devoir

de citoyen, n'est-ce pas là une raison suffisante ?

Face au haussement des épaules du joaillier, Tessier rajouta :

— Je pense qu'un bel article dans les journaux du coin, couplé peut-être à un JT de treize heures ou de vingt heures sur TF1, ça pourrait avoir de la gueule ! Sans oublier la perspective de récupérer la copie, cela ferait son petit effet au milieu de votre vitrine !

Les gendarmes se saisirent de la reproduction du glaive, ramassèrent les photos et laissèrent leur carte de visite, au cas où.

Satisfaits, les gendarmes traversèrent la Charente en sens inverse, empruntant le viaduc qui surplombait les plus hautes eaux du fleuve à quelque trente-trois mètres de hauteur. Au point le plus élevé de l'énorme structure en béton armé, Bourguignon se dit qu'il se devait de prendre de la hauteur par rapport à cette enquête. L'épisode de doutes qu'il venait de traverser et finalement ce rebondissement de dernière minute, fruit du destin plus que la chance, l'amena à réfléchir sur la vacuité des choses. Il fallait parfois accepter, comme un écrivain face à un manuscrit inachevé, de mettre sur pause, et de laisser le temps décanter les événements, la nature finissant toujours par "rééquilibrer" les choses.

Preuve en était, Martine et Joël, grâce au temps passé sur les différents supports écrits dissimulés à plusieurs endroits dans la chapelle, avaient pu déterminer avec certitude que la personne qui était inhumée en ce lieu, était bien la grande reine Aliénor d'Aquitaine. Pas besoin de certificat ADN, l'histoire dont témoignait l'ensemble de ces écritures était intimement liée au destin foisonnant de cette femme au destin hors du commun.

Pas plus tard que la veille au soir, Martine leur avait appris comment la reine, au travers des écrits relevés dans le tombeau, avait souhaité laisser une autre version de son existence. Sa version. Sans intermédiaire ni filtre. Elle était persuadée que l'histoire était écrite par les vainqueurs, et pour cause, elle l'avait expérimenté durant près d'un demi-siècle, comme dirigeante des plus grandes couronnes de l'époque.

Dans ce mausolée, érigé à sa gloire, elle fit immortaliser sa vie de femme libérée des contraintes du pouvoir. Les mots gravés relataient ce que justement nul livre d'histoire ne racontait : son naufrage durant lequel elle avait échappé de justesse à la noyade, secourue en pleine nuit par un jeune paysan oléronais dans les vasières au bas de la côte sur le territoire d'Ors, à l'emplacement actuel du viaduc. En 1158.

Sa garde rapprochée étant limitée par la petite taille de l'embarcation, tous ses suivants périrent, les uns noyés, les autres piégés dans la vase, puis emportés par les courants et les fureurs de la marée descendante. Le jeune paysan avait lui aussi, manqué mourir noyé en sauvant la reine. Mais la plage finalement rejointe, il l'avait soigneusement harnachée sur son boyard[22] tiré par son âne fidèle, pour la conduire chez lui, à l'emplacement actuel de la forêt de Saint-Trojan qui à cette époque, ne comptait ni pin ni autre résineux. Seuls des marais parsemés de bosquets de chênes verts ou de chênes-lièges composaient ce paysage austère. À l'image des landes, ces terres du sud de l'île étaient très peu peuplées, car propices aux miasmes et aux maladies les plus scélérates. Il était rare que quiconque s'y aventure. Au cours des siècles, nombreux étaient les paysans y ayant perdu leurs animaux, et parfois même leur vie.

On était loin du cadre idyllique actuel avec ses forêts de résineux à perte de vue, son petit train touristique, son mini-golf et ses nombreux parcours sportifs. Le jeune paysan était avant tout un berger et comme tous sur ces terres marécageuses du Moyen Âge, il avait dû apprendre à survivre dans cet environnement hostile. Sa présence sur la côte ce jour de tempête était-elle le fruit du hasard ou bien était-ce la providence qui l'avait conduit par cette nuit irisée d'automne ? Cela, les écrits n'en parlaient pas…

Ainsi, les recherches opérées pour retrouver le corps de la reine après ce terrible naufrage avaient été rapidement abandonnées. Pas de corps, pas de

---

22. Sorte de brouette sans roue, et qui sert depuis des siècles à transporter les pierres, les tonneaux ou les basses de vendanges.

mort ! Cette dernière fut considérée comme disparue, cependant, au plus haut sommet du royaume, on jugea plus prudent de ne pas célébrer de messe en sa mémoire. Une drôle d'époque débuta alors. La place de la reine sur le trône resta vacante, sans que l'on y trouve à redire. L'année précédente, Aliénor avait donné naissance à Geoffroy, son troisième garçon et laissait donc entre les mains d'intendants les quatre enfants issus de son mariage avec Henri Plantagenêt. Son mari le roi, trop occupé à guerroyer contre son frère le Duc d'Anjou, puis contre un allié de ce dernier en la personne du Vicomte de Thouars, n'avait guère le temps de s'apitoyer sur la disparition d'Aliénor, d'autant qu'on lui prêtait de nombreuses aventures hors mariage. Sans corps, il décida cependant de ne pas procéder à une cérémonie funèbre. Le deuil attendrait la fin des hostilités, se dit le roi d'Angleterre. Lorsqu'Aliénor réapparut un an plus tard, Henri Plantagenêt ne fit guère de cas de cette parenthèse enchantée (pour elle). Il poursuivit son entreprise d'accroissement de sa descendance, puisque sa femme lui donna encore trois enfants, en 1161, puis en 1165 et 1166. En 1160, les Rôles d'Oléron furent promulgués, soit un peu moins de deux ans après leur rédaction à Oléron grâce à l'entremise d'un homme simple, un paysan oléronais, pilleur d'épaves à ses heures perdues, et qui avait vécu une romance royale avec Aliénor durant une année entière.

Une décennie plus tard, après avoir assuré la

descendance de son roi, alors qu'elle avait fait de rares incursions en terre oléronaise pour visiter son "autre" famille et surtout pour superviser la constitution de son faramineux trésor de guerre, le sort de la reine fut scellé inexorablement. Elle resta enfermée sous bonne escorte et fut mise en retrait de la vie politique du royaume par son époux ; une disgrâce forcée qui se termina avec la mort du roi en 1189. Son mari la priva de liberté, et elle, en représailles, le spolia d'une grande partie de ses richesses en les détournant durant de longues années vers l'île d'Oléron et sa famille "cachée". Pour se venger, elle garda secrète l'existence de ces richesses patiemment amassées et qui auraient sans doute pu sauver son royaume...

Joël, l'historien, n'était pas en reste non plus. Visiblement les rôles de chacun avaient été bien établis dès le début. Martine l'avait donc laissé à son tour jouer sa partition en décrivant par le menu ce qu'ils avaient appris de la vie des deux amants sur Oléron au cours de cette année un peu spéciale pour l'un comme pour l'autre.

Durant les premiers jours de sa convalescence, l'état de santé d'Aliénor ne s'était guère amélioré. D'un âge mûr, mais rayonnante de cette beauté des femmes qui ont assimilé les secrets de la sagesse, la reine était restée alitée plusieurs jours durant. Le jeune paysan l'avait veillée, avait pris soin d'elle, lui avait prodigué des remèdes à base de plantes extraites de son marais, son petit jardin magique et protégé.

Les jours passant, Aliénor avait fini par retrouver de sa superbe. Puis, au fil de sa convalescence, à l'écoute de ce jeune homme brillant, séduisant et passionné par son île, ses beautés et ses charmes, elle avait fini par s'amouracher de lui. Le jeune paysan n'était pourtant pas un lettré, il n'avait rien de l'élégance des illustres troubadours côtoyés jadis par la reine. Ni leur prestance, ni leurs mots, et encore moins leur prose, pour la séduire. Non, ce qui plut à la reine, ce fut justement cette simplicité dans laquelle le jeune homme s'épanouissait ; une modeste cabane en bois au milieu des éléments naturels, en retrait de la civilisation. Le bel enfant s'avéra également être un habile pêcheur, ainsi qu'un fin connaisseur des plantes. Ce petit côté sorcier avait séduit cette reine à qui le destin avait pourtant réservé les plus hautes faveurs qui puissent être données à un puissant de ce monde. Aliénor fut comme ensorcelée par la beauté et les charmes du jeune éphèbe, si bien que rapidement, à mesure que son ardeur grandissait en son cœur, un petit être grossissait dans ses entrailles. Une nouvelle grossesse s'annonçait, un bâtard né d'étreintes interdites, dont jamais elle ne pensait pouvoir se sevrer.

Dès lors, Aliénor fut condamnée à vivre les neuf mois qui suivirent – les plus envoûtants de sa vie – sur Oléron. Sous un toit de chaume, dans une cabane livrée aux soudains coups de tempête, et aux assauts du froid ou de la pluie, elle apprit à se nourrir de coquillages et de poissons, à se rassasier de couchers de soleil flamboyants sur la Grande Plage, sous la protection bienveillante de son paysan charmant. Cette année en compagnie de son jeune amant fut une parenthèse enchantée dans cette vie de reine, faite de responsabilités, de bienséance et d'obligations plus que de plaisirs et de bonheur. Ce qu'elle appela elle-même la lumière de son existence allait lui permettre de terminer ses jours dans une quiétude retrouvée, une chaleur et une énergie chevillées à l'âme. Trois mois après la naissance de leur fille, Aliénor dut se résoudre à rejoindre son Poitou natal, confiant Laure à son père, Tristan Brégaud qui l'éleva seul jusqu'à sa mort. Laure Brégaud enfanta à son tour deux garçons et une fille, qui eux-mêmes allaient perpétuer la mémoire de leur aïeule ravie, la grande Aliénor. La lignée avait traversé les siècles et aujourd'hui, les Mounier-Brégaud en étaient les derniers descendants. Fidèles gardiens du secret de filiation, ils veillaient sur une fabuleuse prise de guerre, que la reine avait détournée à l'insu de son époux et amassée tout au long de ses années passées aux commandes du royaume des Plantagenêt.

Cependant, Aliénor avait laissé des consignes à Tristan. Dès qu'elle quitta l'île, elle passa commande de ce qui serait son mausolée, et avait précisé d'emblée l'ensemble de ses souhaits dans un ouvrage, qui se transmettait encore aujourd'hui de génération en génération chez les Mounier-Brégaud.

Voici l'histoire dans ses grandes lignes, telle que Martine et Joël la découvrirent au milieu de tous ces documents disséminés dans la chapelle bâtie en son honneur et telle qu'ils en témoignèrent à Bourguignon et Tessier, au cours d'une longue présentation, textes et photos d'illustrations à l'appui.

Toutes ces révélations apportaient un regard nouveau sur l'enquête et sans doute les motivations qui avaient poussé le propriétaire à mettre fin aux jours d'Yves Desplanques.

Mais comment prouver que Mounier-Brégaud était l'assassin de son jardinier ? Quelles preuves pouvaient-ils encore espérer découvrir pour confondre l'assassin ?

Quand bien même il était le détenteur et le protecteur du secret du tombeau d'Aliénor, il ne pouvait s'arroger impunément le droit de tuer des gens dans l'unique but de protéger ce secret huit fois centenaire.

Comment et par quel moyen Yves Desplanques avait-il eu vent de cette histoire ? Comment s'était-il approprié cette fameuse carte ? Les questions restaient les mêmes depuis le début de l'enquête. Un seul homme avait les réponses et l'étau se resserrait autour de lui. Ce n'était plus qu'une question de jours. Bourguignon le sentait.

Chapitre 17

E Terrae visceribus saltus, est locus ubi indagatori omnias divitias Plantagenistarum regni haec arena dat s'appliqua à épeler Joël Raynal. L'équipe d'enquêteurs au complet était réunie ce jour-là dans la salle de réunion à la Médiathèque municipale. Martine et Joël avaient pris le temps de décrypter les écritures figurant sur le glaive original, dont les photos sur argentiques avaient été parfaitement conservées toutes ces années dans les archives de *Durand et Durant.*

— Ceci est le premier indice figurant sur le glaive précisa l'historien, face à un auditoire très concentré et concerné.

— Peu ou prou, cela signifie : «Jailli des entrailles de la Terre, il est un lieu où ce sable confère au chercheur toutes les richesses du royaume des Plantagenêt.»

— Eh bien, c'est donc de cette phrase sibylline que Mounier-Brégaud voulait nous priver. Diable ! Que va-t-on bien pouvoir en faire ? s'insurgea Tessier.

— Bon, et il y a autre chose, j'imagine ? s'inquiéta Bourguignon, qui n'était pas du genre à se mettre en quête d'une chasse au trésor pour agrémenter sa vie de gendarme déjà bien remplie.

Martine qui voyait se dessiner sur les traits de son visage une certaine inquiétude prit la parole pour annoncer les autres indices découverts sur le glaive :

— *In hoc loco puteus est. Ex ejus parte septentrionali, consilia parete !* Il s'agit là du second indice révélé par le glaive, à savoir : « Sur ce lieu est un puits. À partir de son flanc nord, vous devrez suivre les instructions. » On cherche donc un lieu avec du sable sur l'île, autrement dit, il va falloir affiner parce que du sable, ce n'est pas ce qui manque par ici ! Et lorsqu'on aura déterminé quel est ce lieu, il faudra débuter les recherches à partir de la face nord du puits sur place. Il y a une ultime indication : *Alienor clavis est qui thesauro ducit*, que je traduirais par : « Aliénor détient la clef conduisant au trésor ». Puis, nous avons des inscriptions, un mélange de chiffres romains, de lettres et de nombres. Ceux-ci préfigurent certainement un code qu'il faut décrypter pour parvenir à élucider cette énigme et découvrir où se cache le trésor d'Aliénor : I-XIV-III-⊶e /IV-XXIII-III-⊶i / VI-IX-V-⊶i / VIII-VI-XVI-⊶o / XVII-VII-IV-⊶n

— Bon, jusque-là je vous suis, j'imagine qu'on va devoir se creuser la tête et faire des recherches pour trouver le point de départ de ce nouveau jeu de piste. Il sera sans doute possible de faire appel à des Oléronais connaissant parfaitement tous les recoins de leur île, ainsi que l'histoire locale. N'oublions pas que dans les mythes et légendes, il y a toujours une part de vérité. Alors, si cela peut nous permettre de mettre la main sur le trésor d'Aliénor, nos responsables au plus haut niveau nous en seront reconnaissants. Ceci étant, et parce qu'il nous faut demeurer les pieds fermement ancrés dans la réalité, voici ce que je propose : Martine et Joël, vous vous chargez de résoudre cette énigme, quant à Jean-Claude et moi, nous allons essayer de confondre Mounier-Brégaud, en lui faisant répondre de ces crimes, à commencer par le meurtre de Desplanques. Quelqu'un voit-il quelque chose à redire à ma proposition ?

— Aucunement patron, répondit Tessier, pendant que les deux autres acquiesçaient simplement d'un signe de tête.

— Bien, alors, allons chatouiller ce cher monsieur Mounier-Brégaud.

*

Fort de la déposition du dénommé Durand, joaillier de son état, le juge avait finalement consenti à ouvrir une information judiciaire à l'encontre de Mounier-Brégaud. Et comme le brave homme était un notable de l'île, le juge demanda expressément de ne pas recourir à une perquisition musclée à six heures du matin, comme cela pouvait se faire habituellement. Jusqu'à preuve du contraire, le propriétaire faisait "seulement" l'objet d'une dissimulation de preuves dans le cadre d'une enquête pour meurtre. Il avait menti au sujet du poignard, dont il connaissait parfaitement l'existence. Et également lors de la première visite des gendarmes à La Perroche où il avait nié l'existence d'un puits sur ses terres. Grâce aux photos du glaive obtenues chez le joaillier, avec en prime sa déposition reconnaissant formellement l'individu qui le lui avait présenté, Mounier-Brégaud devait s'expliquer.

C'est donc aux alentours de neuf heures ce matin-là que les gendarmes sonnèrent à la porte de la villa du notable. Lorsque ce dernier les laissa pénétrer dans son vestibule, Tessier lui présenta sa commission rogatoire et aussitôt une flopée de militaires en uniforme investirent les lieux pour effectuer leur travail de recherches.

Le vieil homme semblait attristé par un tel déploiement d'hommes en armes dans sa demeure. Il passait dans chaque pièce, affolé, les larmes aux yeux, pour demander aux gendarmes de prendre le plus grand soin de tout ce qu'ils touchaient.

Après trois heures passées à retourner la demeure et à visiter chaque pièce du bâtiment principal et de ses annexes, l'équipe quitta finalement les lieux, avec des documents comptables et des ordinateurs qui seraient fouillés jusqu'à la racine du disque dur. Bourguignon remit au propriétaire une convocation pour le lendemain dans les bureaux à Saint-Pierre.

*

Gendarmerie de Saint-Pierre, le jour suivant.

Mounier-Brégaud était arrivé la mine défaite, suivi de près par son avocat, maître Larrote. Le planton les avait aussitôt conduits dans la salle d'interrogatoire, où on les avait fait patienter pendant plus d'une demi-heure.

C'est donc passablement énervé que Mounier-Brégaud observât Bourguignon entrer tranquillement dans la pièce, alors que Maître Larrote, indiquant sa montre, se plaignait déjà du mauvais traitement réservé à son client.

— Bonjour monsieur Mounier-Brégaud. Maître Larrote…

Le vieil homme le regarda s'asseoir sans rien dire, tandis que son avocat répondit à son bonjour, d'une manière polie, mais sans euphorie.

— Monsieur Mounier-Brégaud, savez-vous pour quelle raison vous êtes reçu chez nous aujourd'hui ?

Immédiatement, Maître Larrote intervint :

— Bien sûr que nous savons pour quelle raison

mon client est ici. Votre convocation fait état d'une entrave à la justice dans l'affaire du caveau d'Aliénor d'Aquitaine, découvert sur les terres de mon client. Parcelle de terrain que MON client a d'ailleurs – je tiens à le faire remarquer – aussitôt léguée à l'État français de son plein gré, sans même demander de compensation financière en retour. Et c'est ainsi qu'on le remercie.

— Maître, si vous voulez bien, c'est à monsieur Mounier-Brégaud que je tiens à m'adresser. Alors, monsieur, pourquoi nous avoir caché jusqu'alors que vous connaissiez l'existence de ce glaive ? Vous n'étiez pas sans savoir à quel point le retrouver était essentiel pour nous ?

Face au silence de son client, maître Larrote tenta une contre-attaque :

— Mais, Capitaine, quelles sont ces fameuses preuves qui accablent mon client ?

— Eh bien, tout d'abord, nous avons le témoignage des deux pilleurs arrêtés à Saint-Pierre lors de leur effraction de la Lanterne des morts. Ces derniers nous ont affirmé avoir découvert un glaive dissimulé au cœur de votre chapelle. Or, il se trouve que cet objet en métal, une copie savamment intervertie sur place, a été usiné par un joaillier de Rochefort il y a plusieurs années, sur demande expresse de votre client, monsieur Mounier-Brégaud. Cher Maître, votre client a été formellement identifié par monsieur Durand, ce dernier nous a d'ailleurs fourni des photographies de l'arme originale déposée à l'époque par votre client. Les voici.

Bourguignon sortit alors les photos d'un dossier et les étala sur la table face au propriétaire, qui rageait intérieurement d'avoir été trahi par le joaillier. Puis le gendarme reprit :

— Alors je vous le demande, pourquoi nous avoir dissimulé que vous connaissiez bien cet objet, monsieur Mounier-Brégaud ? Cela nous aurait permis d'accélérer cette enquête, d'autant que si vous avez fait réaliser cette copie, vous avez certainement toujours en votre possession, l'original de ce glaive, dissimulé quelque part. Et puis poussons le raisonnement un peu plus avant, si vous connaissiez l'existence de cet objet, cela implique également que vous aviez connaissance de la tombe d'Aliénor sur votre parcelle ?

— C'est la parole de votre joaillier contre celle de mon client, répliqua l'avocat. En l'état actuel des choses, vous n'avez pas grand-chose qui prouve l'implication de monsieur Mounier-Brégaud dans cette quête d'un trésor qui, du reste, n'intéresse que vous ! Il va vous falloir prouver que mon client connaissait bien l'existence de ce tombeau, comme vous dites !

— Eh bien, nous y travaillons actuellement. Et vous semblez oublier un élément de la plus haute importance, maître, il s'agit ici, avant tout, d'une enquête pour meurtre. Avez-vous oublié le cadavre de ce pauvre monsieur Desplanques ?

Devant le silence de l'avocat et de son client, Bourguignon poursuivit :

— Et maintenant, que pouvez-vous me dire au sujet de ce tombeau familial retrouvé au milieu des pins ?

— À quel tombeau familial faites-vous allusion, Capitaine ? rebondit aussitôt l'avocat, montant sur ses grands chevaux, bien décidé à ne laisser aucun champ libre au gendarme.

— Celui de votre client, maître. Il se trouve qu'en étudiant la généalogie de monsieur Mounier-Brégaud – ce qui nous a été confirmé par les écritures contenues dans le caveau de la reine et bien entendu grâce à la comparaison entre l'ADN des ossements de la chapelle et celui de votre client – nous sommes parvenus à déterminer avec certitude qu'Aliénor d'Aquitaine était l'aïeule de la famille Mounier-Brégaud.

— Mais comment vous êtes-vous procuré l'ADN de mon client ?

— Mais tout simplement à son domicile, hier, lors de notre perquisition. Nous avons prélevé plusieurs objets appartenant à votre client, parmi lesquels sa brosse à dents, des peignes, et autres effets personnels qui ont rendu possible une analyse ADN parfaitement professionnelle et valable. Les résultats figurent sur ce document, expliqua-t-il tout en lui déposant la feuille sous les yeux.

L'avocat lança un regard inquiet en direction de

son client, et demanda aussitôt une suspension de l'interrogatoire pour pouvoir s'entretenir avec lui, seul à seul. Bourguignon, fier du travail accompli, se retira de la salle, laissant l'avocat en grande discussion avec un Mounier-Brégaud, pris en faute, la tête basse. En quelques coups bien amenés, le capitaine avait réussi à faire sauter les verrous de cette affaire aux contours si inextricables jusqu'alors. La réussite en revenait à son équipe qui avait témoigné d'un travail d'investigation formidable depuis hier midi, après la perquisition.

Et ce n'était pas terminé !

Pendant que le propriétaire discutait avec son avocat, de son côté Tessier était parti sur le terrain avec une équipe, en reconnaissance du côté du Port des Salines à Grand Village. Dans les dossiers comptables exhumés chez Mounier-Brégaud, les gendarmes avaient compilé une liste impressionnante de propriétés et des domaines à n'en plus finir, des terrains nus et des champs cultivés, d'autres en location... Mais c'est une ancienne cabane de pêcheur dans les marais qui avait attiré l'attention du major. Une pure intuition au départ.

En ce moment même avec ses collègues, au moyen d'une pince-monseigneur, il était en train de fracturer le cadenas qui en condamnait l'accès.

Une fois entrée dans l'unique pièce que comportait la cabane, l'équipe s'était activée à tout retourner et Tessier allait encore s'illustrer. En faisant craquer une latte du plancher sous son poids, l'idée lui était venue que quelque chose avait pu être dissimulé à cet endroit. Il repéra les vis, et lorsqu'il s'aperçut que celles-ci avaient été récemment ôtées, il demanda qu'on lui apporte un outil pour "opérer".

Quelques coups de tournevis plus tard, la latte de bois extraite découvrit une cache. Là, sous leurs pieds, les gendarmes présents trouvèrent un détecteur de mouvement sur lequel ils pourraient sans doute prélever les empreintes de Mounier-Brégaud ou son ADN. En fouillant un peu plus loin, ils dénichèrent le fameux glaive en or, l'original remplacé à La Perroche pour envoyer d'éventuels pilleurs de trésor sur les roses. Puis les hommes en bleu tirèrent également de la cachette, un album illustré de photos de famille et un livre appartenant aux Mounier-Brégaud, contenant les écrits de chacun des gardiens du trésor depuis huit cents ans, et qui se terminaient par ceux de l'actuel propriétaire. Enfin, la fameuse carte dérobée à l'origine par Desplanques était également dissimulée dans cette cachette que le vieil homme devait pourtant penser impossible à débusquer.

Dans le livre figurait aussi un inventaire précis de tout ce que contenait le trésor amassé par Aliénor et ses descendants au Moyen Âge. Ce qui permettrait d'en estimer la valeur approximative.

Tessier remettrait bientôt ces feuillets aux deux

scientifiques et historiens, qui s'en donneraient à cœur joie pour les étudier, et qui, plus que le trésor lui-même, aux yeux de la communauté historique et scientifique valaient leur pesant d'or.

*

Quelques minutes après sa découverte, Tessier appela son chef pour lui faire part de ses trouvailles, qui sans nul doute allaient sceller le sort du vieux Mounier-Brégaud. Restait à ce dernier à se confesser et s'expliquer au sujet du meurtre d'Yves Desplanques. Quant à celui du soldat allemand de la Seconde Guerre mondiale dont les ossements avaient été retrouvés à proximité de la chapelle, les notes dans le carnet achèveraient de lever le voile sur cette affaire d'homicide dans la forêt de Saint-Trojan.

Une dernière fois, Bourguignon s'apprêtait à aller pourfendre le meurtrier qui marinait dans sa cage en compagnie de son avocat depuis bientôt vingt minutes.

Quand il entra dans la pièce, il trouva un Mounier-Brégaud en piètre état, trépignant sur sa chaise, les ongles rongés jusqu'au sang.

C'est l'avocat qui prit immédiatement les devants :

— Compte tenu des derniers éléments que vous venez de nous apporter, mon client a décidé de plaider coupable pour la dissimulation de preuves dans votre enquête. Il reconnaît être la personne que vous indiquez comme étant le gardien des lieux. Cette tombe est un lourd héritage familial qui a été donné à mon client. Il était de son devoir de la protéger à son corps défendant, tout au long de sa vie. Un fardeau, sans nul doute, ce dont devraient tenir compte les juges dans le cas d'un éventuel procès.

— Bien, on avance, coupa Bourguignon. Et pour ce qui est du meurtre de votre jardinier, monsieur Yves Desplanques, qu'avez-vous à en dire ? Je vous avertis de suite que nous venons de trouver les derniers indices qui vous relient à ce meurtre du côté du Port des Salines, à Grand-Village. Dans la cabane de pêcheur à votre nom. Les traces ADN et vos empreintes présentes sur le poignard en or retrouvé, mais également sur votre album de famille, sur la carte volée par Desplanques et sans parler du détecteur de mouvements que vous avez sciemment retiré du tombeau avant l'arrivée de notre équipe, attesteront de votre responsabilité dans ce meurtre. Le fait qu'il s'agisse de votre propre jardinier achèvera de vous confondre. Mais il me reste deux questions, monsieur Mounier-Brégaud.

Bourguignon releva à peine le geste de dépit de l'avocat et riva ses yeux dans ceux du propriétaire, désormais avachi comme un vieillard.

— Comment votre jardinier a-t-il pu se procurer le vieux parchemin menant au tombeau et avec quels éléments a-t-il pu en déterminer l'emplacement exact ?

— Mon petit-fils, lâcha Mounier-Brégaud, des trémolos dans la voix. Oui, c'est mon petit-fils qui est à l'origine de cette erreur qui nous a tous conduits en enfer. Ce n'était pas de sa faute, le pauvre, mais plutôt la mienne. Le fils de ma fille était en vacances chez nous, nous en avions la garde. Il a trouvé la carte soigneusement rangée dans mon bureau, il s'agissait d'une belle carte au trésor, et vous savez comme les gamins sont fascinés par les trésors. Alors je lui ai dit qu'il pouvait l'utiliser pour jouer, à condition qu'il ne la sorte pas de la maison et qu'il en prenne soin. Sauf que j'ai été un peu laxiste et qu'il a déposé cette carte dans une sorte de malle en bois, trouvée au grenier. Ensuite, il s'est mis en tête de la cacher dans le jardin pour préparer une chasse au trésor pour sa sœur, justement ! Et le hic, c'est qu'entre-temps, mon jardinier est tombé sur la mallette, en taillant la haie. C'est vraiment un coup de malchance ! Au pire, s'il n'y avait eu que la carte, je pense que jamais ce pauvre type n'aurait songé qu'elle puisse être véritable. Mais voilà, mon petit-fils y avait adjoint le fameux manuscrit que vos hommes ont retrouvé dans ma cabane de pêche. Le Desplanques, il ne faisait pas montre d'une grande intelligence, mais ça, je peux vous affirmer que ce n'était pas tombé dans les mains d'un aveugle. Il a dû lire tout ou partie du manuscrit, et couplé à la carte, en a déduit qu'il s'agissait d'une affaire bien réelle. Nous n'avons jamais usurpé nos richesses. Notre patrimoine sur l'île, et tout ce que nous possédons, nous avons toujours travaillé dur pour l'acquérir et le conserver. Nous n'avons jamais détourné à notre profit le trésor de la reine. Mais devant tant de luxe, il n'en fallait pas plus à notre jardinier pour se mettre martel en tête.

— "Aliénor" en l'occurrence, pas "Martel"..., ironisa maladroitement Bourguignon, que toute cette affaire avait rendu un peu fébrile.

Mais devant le visage défait du vieillard, il s'excusa poliment et lui fit signe de poursuivre.

— Pour ma part, je ne me suis rendu compte de rien au départ. Ma petite fille a bien fini par trouver la mallette, c'est là que je me suis aperçu que mon petit-fils y avait ajouté notre manuscrit familial. Bah, oui, c'est comme un vieux grimoire, il s'agit d'un objet séduisant et empli de mystères pour un gamin de son âge. Il avait trouvé ça amusant de le cacher avec le reste dans le coffret. Mais problème, la carte avait disparu. Les enfants ont pourtant beaucoup ri en dégustant les pièces en chocolat que ma femme avait cachées à l'intérieur. J'ai bien cuisiné mon petit-fils pour savoir ce qu'il en avait fait, mais il m'a assuré qu'il l'y avait laissée. Pourtant, elle n'était plus là. Je ne lui en ai pas tenu rigueur, pensant que nous allions la retrouver tôt ou tard, cachée quelque part dans la maison… Deux jours après, alors que j'avais retourné la maison pour tenter de retrouver cette foutue carte, le détecteur que j'avais placé dans le tombeau une dizaine d'années auparavant, s'est mis à émettre un son bizarre. Au départ, j'ai pensé que c'étaient juste les piles à changer, et puis je me suis souvenu que je les avais remplacées l'année précédente lors d'une visite d'entretien. Vu comment était obstruée l'entrée, et connaissant la galère chaque fois que je devais m'y rendre pour la maintenance, je savais que si le détecteur sonnait, ce n'était pas pour rien. Alors je me suis rendu sur place.

— Et c'est là que vous êtes tombé sur l'équipe de bras cassés conduite par votre jardinier ?

— On peut dire ça, oui. Mais je n'ai pas voulu leur faire du mal. Je voulais simplement leur faire peur.

— D'où la mise en scène avec le masque de *Scream* et la machette ?

— Je n'avais pas le choix, il fallait que je leur colle la frousse de leur vie pour qu'ils n'aient pas l'idée d'y remettre les pieds. Même si j'avais brouillé les indices et que je pensais le trésor en sécurité, ce que je désirais plus que tout, c'était simplement que cette chapelle reste encore, et pour longtemps, inconnue du grand public.

— Pourquoi ?

— Parce que maintenir secret le lieu de la chapelle était ma mission première et aussi parce que ce trésor est maudit. Il a été accumulé pour de mauvaises raisons, disons que le roi Henri Plantagenêt se sentait un peu en danger pour maintenir à flot un si vaste territoire. Enfin le maintenir sous son autorité, j'entends. Il a passé sa vie à guerroyer contre les uns et les autres, et avec sa femme, à placer ses enfants légitimes sur les trônes des duchés voisins et des royautés frontalières pour s'assurer de leur non-ingérence sur son territoire : le plus vaste de l'époque en Europe ! «Si tu veux la paix, prépare la guerre», dit le dicton. Aliénor, notre lointaine ancêtre, avait pensé qu'accumuler un trésor aussi conséquent tout au long de sa vie, permettrait à ses descendants d'acheter la paix à grand renfort de deniers et de couronnes. Mais la suite des événements la fit changer d'avis. Elle était la seule, avec la branche oléronaise de sa famille, à savoir à quel endroit étaient dissimulées ces richesses. Alors, lorsque son roi, et après lui ses héritiers, ont voulu les mettre la main dessus, Aliénor n'accepta jamais de dévoiler où elle les avait enterrées. C'était le seul levier d'action qu'elle avait en sa possession pour maintenir le roi sous pression et sans doute simplement : rester en vie. Comme preuve de son estime, ce dernier la tint enfermée durant de longues années dès lors que son ventre ne fut plus fertile ni propre à lui donner d'autres héritiers. Il en avait déjà une flopée à charge et pas des moindres, qui lui causaient bien des soucis. À Aliénor aussi d'ailleurs. C'est pourquoi, à sa mort, elle chargea des hommes de confiance, parmi lesquels des religieuses de l'abbaye de Fontevraud, de transférer en toute discrétion sa dépouille à Oléron, où elle fut inhumée en présence des seuls descendants de la branche Mounier-Brégaud. C'est la raison pour laquelle à la Révolution française l'on n'a jamais retrouvé ses ossements à l'abbaye de Fontevraud où tout le monde la croyait reposer auprès des siens.

Le manuscrit que vous avez maintenant en votre possession donne toutes les consignes au sujet de sa dépouille, de son caveau et de cette chapelle qui devait rester inviolée jusqu'à la fin des temps, mais que mon erreur de jugement a mis en péril.

Le vieil homme était maintenant en sanglots, après tous ces jours d'enquête durant lesquels il avait tenu bon, croyant qu'il parviendrait à préserver l'essentiel de son sacerdoce, de sa mission sacrée et secrète. Il constatait maintenant son échec et sa défaite.

Le temps de cette confession intime, Bourguignon avait bien saisi les enjeux d'une telle responsabilité pour une famille comme celle des Mounier-Brégaud. Certes ces derniers avaient acquis au cours des siècles de nombreuses richesses, qu'ils ne devaient d'ailleurs probablement qu'à leur travail sur l'île d'Oléron et en aucun cas, selon les dires de Mounier, à l'usurpation de ce fameux trésor.

— Monsieur Mounier-Brégaud, ma seconde question était : quid du trésor ?

L'homme le regarda avec une mimique défaite.

Un pâle sourire s'échappa de son visage, avant qu'il ne réponde :

— Monsieur le gendarme, confia-t-il d'un ton cassant, cela ne suffit-il pas que j'aie failli à ma mission consistant à garder secret l'emplacement de la tombe de la grande Aliénor d'Aquitaine, sans que je mette maintenant de nouveau à mal le pacte qui m'unit à mon ancêtre et pour lequel j'ai juré fidélité et honneur ?

— Je comprends, acquiesça le capitaine. Mais cela fait huit siècles, ne pensez-vous pas que cet argent trouverait une noble utilité dans notre société actuelle ?

— Pour qu'il revienne au royaume de France, contre lequel Aliénor a combattu la seconde moitié de sa vie ?

— Il n'y a plus de roi, plus de vassaux, mais des citoyens français, et un État-nation dont la dette dépasse l'entendement. Cette contribution permettrait au contraire de restaurer un peu de notre indépendance perdue au profit de nos créanciers.

— Et quoi encore ? Tout ça pour donner de l'argent à un pays qui dépense à tout va, sans aucun contrôle. Mais Bourguignon, permettez que je vous appelle par votre nom, pensez-vous qu'en France on laisse un seul foyer gérer son budget de la manière dont notre pays gère le sien ? Dépenser toujours plus que ce que l'on a ? Et tout ça pour quoi en plus ? Pour que des types s'en mettent plein les poches ! Et pendant ce temps, les travailleurs sont toujours plus pauvres et les petits patrons se décarcassent toujours plus pour sauver leur entreprise ; travaillent comme des esclaves parce qu'on les prélève toujours plus. Et où va cet argent ? Je vous le demande ? Pouvez-vous répondre à cette question, Capitaine ?

Bourguignon comprenait parfaitement cette situation et, n'eût été la situation, dans un bar ou à la terrasse d'un café, il aurait abondé dans son sens, tant il comprenait tout à fait les états d'âme du vieil homme. Aussi, crut-il bon de ne pas insister plus avant sur les propos de Mounier-Brégaud.

— Alors, que dois-je en déduire ? Que vous ne nous aiderez pas à mettre la main sur ce trésor ? Existe-t-il d'ailleurs et l'avez-vous déjà vu de vos propres yeux ?

Mounier-Brégaud riva son regard durant de longues secondes dans celui du capitaine, fit une moue significative de la bouche et déclara :

— Vous avez maintenant en votre possession tous les indices pour vous conduire au trésor. Mais souvenez-vous, seul un cœur pur pourra le trouver, charge à lui d'en faire bon usage. Moi, ma mission s'achève ici. Vous savez, je suis un vieil homme et malgré les faits qui me sont reprochés, je ferai valoir auprès de mon jury d'assises que la mort de mon jardinier était un accident.

Bourguignon lui fit signe de poursuivre. Les

conditions de sa mort l'intéressaient au plus haut point, bien plus que la question du trésor. Sans doute serait-il trouvé un jour par un chasseur bien inspiré qui saurait décrypter les indices.

— Ce jour-là donc, je poursuivais les trois pilleurs qui avaient pris la fuite en me voyant surgir du sous-bois. Les deux plus jeunes avaient mis le turbo et je les perdis rapidement de vue dans le dédale des pistes sablonneuses menant hors de la forêt. Mais petit à petit, je m'approchais de Desplanques. Ce que je voulais, c'était le coincer pour récupérer la carte qu'il m'avait subtilisée. C'était dorénavant une évidence qu'il l'avait en sa possession. Sinon comment aurait-il trouvé cet endroit ? Il était là, presque à portée de main, quand il s'est subitement arrêté, sans doute en raison de sa jambe qui le faisait souffrir et parce qu'il avait renoncé à fuir. Peut-être aussi voulait-il s'expliquer. Mais le pauvre n'en eut pas le temps, la machette que je tenais en main devant moi, est venue percuter sa tête au moment où il s'arrêtait en plein milieu du chemin. J'avais le cerveau en ébullition, et avec la vitesse et je n'ai pas maîtrisé mon geste. La suite vous la connaissez. Il s'est vidé de son sang en me regardant avec des yeux fous. J'ai lu dans son regard qu'il savait ne plus en avoir pour très longtemps. À travers mon masque, il a reconnu mes yeux, je l'ai senti, et il m'a lancé dans un dernier flot de sang; «Pardon monsieur Mounier, pardon, je ne voulais pas.» Puis il s'est éteint. Alors je l'ai traîné par les pieds jusqu'au caveau, j'avais dans l'idée de le déposer à proximité, avec le cadavre du nazi que mon arrière-grand-père avait surpris en train de chercher un autre trésor – mais c'est une histoire ancienne – à l'emplacement même du caveau.

— Pourquoi ne pas vous être livré à ce moment-là ? Après tout, si c'était un accident, vous auriez pu jouir d'un verdict plus clément.

— Capitaine, dans ces cas-là, on réfléchit vite, mais on réfléchit mal et on pense qu'on va s'en sortir, qu'il y a toujours une solution. Et après tout, s'il ne m'avait pas volé le parchemin, jamais rien de tout cela ne serait arrivé. Je suis une victime collatérale dans cette affaire, moi, Capitaine. Comprenez-moi.

— C'est au jury qu'il reviendra d'en décider. Maintenant, vous et moi, avons rempli notre part du marché ; mettre des mots sur des faits atroces qui ont conduit à la mort d'un homme. Et ensuite, pourquoi avoir laissé le corps à l'extérieur ?

— Je suis arrivé au tombeau, là j'ai repris le détecteur, au cas où les deux autres finiraient par me dénoncer, même si je pensais bien qu'ils n'allaient pas se rendre à la police, puisqu'ils étaient des pilleurs et que dans ces conditions, ils risquaient eux aussi la prison. Puis j'ai condamné à nouveau l'entrée du mieux que je pouvais pour ne laisser aucune trace de notre passage, mais vous savez, avec le sable, ça se voit quand il manque des herbes dessus. Encore faut-il pouvoir arriver jusqu'à cet endroit, au milieu de rien, je vous le répète. Jamais je ne pensais qu'il serait découvert un jour. Pensez donc, en huit siècles, une seule intrusion, et encore, c'était un Allemand qui cherchait une banque ensevelie dans la forêt, guidé par un magnétiseur un peu fou jusqu'à la tombe de la reine. Une affaire incroyable !

— Et la semaine dernière, c'était des gamins qui jouaient dans la forêt à *Trésor detector* ?

— Je ne sais pas à quoi ils jouaient, mais toujours est-il que j'ai entendu des bruits dans les sous-bois. Je me suis caché et quand j'ai aperçu un drôle, un sale clébard est venu aboyer dans ma direction. J'ai pris la fuite, en me disant que je reviendrai m'occuper du corps plus tard. Mais quand je suis revenu, il y avait des scellés partout et là, j'ai compris que les ennuis allaient commencer. Après tout, en y réfléchissant posément, j'ai compris que sauf erreur grossière de ma part, je n'avais peut-être pas laissé d'indice pouvant me relier au cadavre de Desplanques.

— Mais le corps, les ossements et la chapelle figuraient sur vos terres, monsieur Mounier-Brégaud.

— Jusque-là rien ne me reliait formellement à ce meurtre, la preuve.

— Vous avez tenté, il aura fallu qu'un simple joaillier reconnaisse son œuvre dans le journal pour vous faire tomber. Ce n'est pas de chance !

— On peut renverser la chose, cette chance fut la vôtre.

— Merci en tout cas pour ces aveux et pour ces explications. J'imagine, maître, qu'il en sera tenu compte dans le jugement de cette affaire. Il me reste à vous souhaiter bon courage pour les épreuves qui vous attendent. Et il se peut qu'un jour, je vienne vous trouver pour vous montrer des photos du trésor sur lequel nous mettrons la main, un jour prochain, je n'ai aucun doute là-dessus.

— Je ne l'ai jamais vu, Capitaine, mais je suis sincèrement convaincu qu'il existe. Puisse celui qui le trouvera en faire bon usage. Huit cent ans que nous le conservons et le respectons, cela mérite bien le vœu que je formule ici : qu'il soit utilisé pour une bonne cause. N'allez pas donner de la confiture aux gorets, je vous en supplie. En mémoire des miens qui se sont sacrifiés toute leur existence et de toutes les personnes qui ont œuvré au cours de ces siècles pour maintenir ce trésor et cette chapelle sacrée inviolés.

— Je ferai de mon mieux, promis, déclara solennellement Bourguignon.

Le capitaine les salua et quitta la salle d'interrogatoire, fier et heureux du dénouement. De la pièce adjacente s'échappait comme une rumeur, bien fondée celle-là.

Lorsqu'il y pénétra, Bourguignon fut accueilli en héros. Le reste de la journée fut consacré à la bureaucratie, à la rédaction des PV d'audience… Puis le soir venu, l'équipe au grand complet quitta les lieux en direction du port de Saint-Denis, où ils avaient réservé une tablée à *La Fleur de thym*. Une excellente adresse où l'on mangeait du frais, du bon et en bonne quantité.

Bien plus tard dans la nuit, Tessier fit entrer Martine chez lui. L'hôtel de la belle était payé par l'administration, mais elle avait peut-être trouvé chez Tessier une nouvelle résidence secondaire lorsqu'elle reviendrait séjourner sur l'île.

Pour les jours à venir, en tout cas, le terme de "touriste" lui irait parfaitement. Après ces derniers jours de travail acharné, elle avait bien mérité de s'octroyer un peu de repos. Pour ce qui était de la suite avec son gendarme, ils allaient prendre tous les deux les jours les uns après les autres, puis ils verraient bien où tout cela les conduirait.

Après une balade en bord de mer vers une heure du matin, Bourguignon partit retrouver sa famille, à l'autre bout de l'île. Avant que ne tombe une nouvelle affaire qui l'accaparerait des semaines durant, il décida que le lendemain débuteraient deux semaines de vacances. De toute manière, avec la naissance de son fils, qui pouvait survenir à n'importe quel instant, il allait pouvoir passer du temps à pouponner. Il devait aussi terminer la chambre du bébé. Il ne s'agissait pas de gros travaux, mais Bourguignon n'était pas un manuel. Un coup de peinture et une table à langer en kit à monter allaient l'occuper sans doute un bon moment en attendant le grand Jour.

Quant au trésor d'Aliénor, suite aux dénouements de l'affaire diffusés dans la presse, des centaines de personnes s'étaient mis en tête de mettre la main dessus. Un peu comme à Rennes le Château, avec le fameux Trésor de l'abbé Saunière[23], des passionnés de toutes les régions avaient convergé sur l'île, détecteur de métaux en bandoulière. En sécurité dans un lieu bien caché, le véritable trésor lui, pouvait bien attendre le retour de vacances des membres de la gendarmerie de Saint-Pierre.

Ensuite, une fois trouvé, qu'en feraient-ils ? Rien n'était encore acté.

Pourtant quelques jours plus tard, alors que les chevilles ouvrières de cette histoire prenaient des jours de repos bien mérités, le Président français en personne s'était rendu sur place, au chevet du tombeau d'Aliénor d'Aquitaine, en pleine restauration. Pendant de longues minutes, il s'était entretenu avec le préfet de Charente-Maritime. Que s'étaient-ils dit ? Mystère. Mais dès leur retour de vacances, de nouvelles instructions attendraient Bourguignon et son équipe.

FIN

---

23. Cf : *Une Balade à Rennes-le-Château, Robert Azaïs, TDO éditions*
Le Mystère de Rennes-le-Château, Robert Azaïs, TDO éditions...

Jeux-concours *La Dame d'Oléron* :
Retrouvez le règlement complet du jeu sur la page
de notre site internet :
https://www.terresdelouest-editions.fr/a-paraitre/

Éditions Terres de l'Ouest

ISBN : 979-10-97150-63-1
Dépôt légal Avril 2021
Imprimé en avril 2021 en France sur les presses de
Nouvelle Imprimerie Laballery
N° d'impression : 104.049